Volker Schoßwald

Das rauchende Klassenzimmer

Anekdoten eines kreativen Chaoten

Schwabach 2021

Lindenlied
(1976)

Ich wünschte, ich wär' eine Linde,
da schnitzt ich in tausend Jahr'
Geschichten in meine Rinde
von allem, was geschah.

Meine Blätter würden wohl golden,
ich wechselt mein Kleid mit der Zeit.
Erkennt', was die Menschen wollten
aus mancher Begebenheit.

Ich wünschte, ich wär' eine Linde
mit Ringen, so sagenreich.
Mit dem Wind sänge ich meine Lieder.
Die Zeit bleibt ewig gleich.

Ich wüßte, die Zukunft ist wichtig,
verstünde Vergangenheit,
erkannte, daß alles ist nichtig:
Die Gegenwart macht erst die Zeit.

Ich wünschte, ich wär' eine Linde,
ein stummes Buch der Zeit.
Ich schrieb Dir in meine Rinde:
Morgen und gestern ist heut.

TWENTYSIX – Der Self-Publishing-Verlag Eine Kooperation zwischen der Verlagsgruppe Random House und BoD – Books on Demand
© 2021 Schoßwald, Volker (Text und Bilder)
Dritte, erweiterte Auflage
Herstellung und Verlag: BoD – Books on Demand, Norderstedt.
ISBN 9783740754112

1	Beginnen wir am Anfang	7
2	Schule!!!	15
3	Schreck und Unfälle 1963 / 64	30
4	Schulaufsätze: mit originalen Fehlern:	36
5	Eine Biographie in Öfen?	43
6	Die Mechwartstraße in Schweinfurt	47
7	Der Gymnasiast 1965	50
8	Conrad-Celtis-Gymnasium Schweinfurt	52
9	Die siebten Klassen 1967/68	54
10	Die Jugend	68
11	Das rauchende Klassenzimmer	80
12	Abenteuer auf Burg Rieneck	81
13	Volle Pubertät 1970	87
14	Uffenheimer Schulgeschichten 1972 bis 1976	98
15	Die Reise-Geschichten zum Erzählen	122
16	Türkei 74	132
17	Geschichten zum Abitur	139
18	Marokko 75	144
19	Zivildienst	149
20	Schossi allein auf Achse: Interrail solo 1976	152
21	Studienzeit Erlangen und Tübingen	157
22	Zugabe: Aus dem Tagebuch meiner Mutter	165
23	* Index *	168

1	Beginnen wir am Anfang	7
1.1	Meine Mutter bekommt ein Kind	7
1.2	Entführt!	7
1.3	Volkilein ging allein 1958	8
1.4	Pariser im Westend	9
1.5	Kindergarten	10
1.6	Kindergarten und Mauerbau	11
1.7	„Die Zone" Grenzübertritt SBZ 1959	12
1.8	Heiße Geschichte: Ölofen im Kinderzimmer!	14
1.9	Das Rathaus brennt! 20. April 1959	15
2	Schule!!!	15
2.1	Albert-Schweitzer-Schule	15
2.2	Mäusefang Erste Klasse 1961	17
2.3	Frecher Volki: Engel – Bengel 1962	20
2.4	Milch und Blut 1962	21
2.5	Taubenkiller	24
2.6	Johannes XXIII / John F. Kennedy 1963	25
2.7	Onkel Klaus und sein DKW	25
2.8	Apropos Indianer	26

2.9 Ekkehart stürzt vom Bett (ca. 1963) — 28
2.10 Die Hitparade — 29
3 Schreck und Unfälle 1963 / 64 — 30
  3.1 Die Zigeunerin — 30
  3.2 Brutaler Freund! — 32
  3.3 Verbrühtes Bein Oktober 1963 — 32
4 Schulaufsätze: mit originalen Fehlern: — 36
  4.1 „Am Heiligen Abend" 13.1.1964 — 36
  4.2 4. In der Konserfenfabrik (14.10.64) — 36
  4.3 Mein liebstes Spiel: Indianer 20.1.65 — 42
  4.4 Wie ich mich einmal gefreut habe (Schulheft 9.9.65) — 42
  4.5 Allein und ohne Schlüssel im Regen 4.5.65 — 43
  4.6 Die Endegung meines Liblingsbuches — 43
5 Eine Biographie in Öfen? — 43
  5.1 Ofenexperimente: Brot und Batterien — 46
6 Die Mechwartstraße in Schweinfurt — 47
  6.1 Spiele in der Straße — 47
  6.1 Bei Klärchen — 48
7 Der Gymnasiast 1965 — 50
  7.1 Wie ich mich einmal verletzt habe (3.11.65) — 50
  7.2 Wie ich einmal richtig naß gworden bin (1.12.65) — 51
  7.3 Ein gelungener Streich — 51
  7.4 Als ich mich einmal sehr fürchtete — 52
8 Conrad-Celtis-Gymnasium Schweinfurt — 52
  8.1 König Bhumibol und Königin Sirikit 1966 — 52
  8.2 1966/67 sechste Klasse — 53
  8.3 Judo 1966 — 53
9 Die siebten Klassen 1967/68 — 54
  9.1 67: Brandmatt (Schwarzwald) CVJM — 54
  9.2 Kaugummikuchen 1968 — 55
  9.3 Die Deutschschulaufgabe und das Fieber — 56
  9.4 Hobbies — 56
  9.5 Die neue Welt der Schallplatten — 57
  9.6 Kontext Metzgergasse — 59
  9.7 Party bei Rainer Krackhart, — 62
  9.8 Stimmbruch — 63
  9.9 Konfirmation 1969 und Freund fürs Leben — 65
  9.10 Abtreibung — 67
  9.11 Silvester ca 74 — 68
10 Die Jugend — 68
  10.1 Rollschuhe sind gefährlich ca. 1966 — 68
  10.2 Lachgas — 71
  10.3 Wembley: Volltreffer bei der Lampe — 71

10.4 Freizeit auf Burg Wernfels	72
10.5 Dieb auf Burg Wernfels 1966	72
10.6 Das fliegende Dach des Metzgermeisters	74
10.7 Mohrenköpfe	74
10.8 Freistadt, Ahnen, Prag 68 und Alexandersbad	76
10.9 Mondlandung: Großfamilie vor dem Fernseher	77
11 Das rauchende Klassenzimmer	80
12 Abenteuer auf Burg Rieneck	81
12.1 Das Auferstehungskirchengemeindefest	83
12.2 Sehr schülerisch: Lehrerpsychologie 1968	85
13 Volle Pubertät 1970	87
13.1 Kindergottesdiensthelferkreis	87
13.2 Nächtliche Diebestour 1970	89
13.3 Brille und Küsse: AWO Freizeit Göttingen 1970	90
13.4 Diebstahl 1971	92
13.5 Volker und die Bierflasche ca. 1970	93
13.6 Radunfall in der Luitpoldstraße (ca. 1970)	94
13.7 Heufahrt ins Allgäu 1971	95
13.8 Radtour zum Ellershäuser See 1972	97
14 Uffenheimer Schulgeschichten 1972 bis 1976	98
14.1 Mathe und Bier	98
14.2 Protokoll: Biologieunterricht Streik	99
14.3 Schossi, Herausforderung für die Deutschlehrerin	103
14.4 Apropos Theater	107
14.5 Heiße Hände, Bier und Blut 1973	109
14.6 Schossi und die Drogen	114
14.7 Ein Manifest vom Oktober 1973 *„Gelaismus"*	121
14.8 Thema Suizid	122
15 Die Reise-Geschichten zum Erzählen	122
15.1 In England mit Wolfgang 1972	122
15.2 Venedig mit der Familie 1973	128
15.3 Zweiter England-Trip mit Johannes73	128
16 Türkei 74	132
16.1 Führerschein	132
16.2 Bananenschale, Acker und Abgrund Türkei 1974	133
16.3 Radler aus der DDR	134
16.4 Türkiye is bankasi	135
16.5 Die Münzen von Pamukkale	136
16.6 Peperoni in Eskisehier	137
16.7 In an Oktopusses Garden	138
16.8 Rückfahrt	138
17 Geschichten zum Abitur	139
17.1 Mathe-Vorabitur: Falsch gespiegelt	139

- 17.2 Deutsch: Eichendorff gegen Heym — 140
- 17.3 Wer ist Gnothi Sauton? Griechisch-Abi — 141
- 17.4 Englisch-Abi M.L.King — 142
- 17.5 Pfahl am Meer: Kunstabi — 142
- 18 Marokko 75 — 144
  - 18.1 Campingchaos bei Torredembarra — 145
  - 18.2 Mädchen und Teppiche — 147
- 19 Zivildienst — 149
  - 19.1 Skandal in Uffenheim 1976 — 149
  - 19.2 „Der Tod grinst über seine Schulter" — 151
- 20 Schossi allein auf Achse: Interrail solo 1976 — 152
  - 20.1 Verloren in Venedig 4.8.76 — 152
  - 20.2 Journey with Kilian and Co 1976 — 153
  - 20.3 Reise und Lebensreise: Mein neues Ziel — 157
- 21 Studienzeit Erlangen und Tübingen — 157
  - 21.1 Skandinavien 1977: Shit — 157
  - 21.2 Der „Deutsche Herbst" 1977 — 158
  - 21.3 Ein Hund zu Weihnachten 1977 — 159
  - 21.4 Erdbeben 1978 — 161
  - 21.5 Frankreich mit Franzl Ostern 1979 — 163
  - 21.6 Tanz in Aigues-Mortes — 163
- 22 Zugabe: Aus dem Tagebuch meiner Mutter — 165
  - 22.1 Herbst 1957 Anekdoten zum Geschwisterchen — 165
  - 22.2 Volkers Penatensoße und Wachsweh — 165
  - 22.3 Schuld und Impfung 20.6.59 — 166
  - 22.4 Hochzeitstag 15.8.59 — 166
  - 22.5 Erziehungsmethoden der Montessori-Enkelin — 166
  - 22.6 Weihnachten 1960 zu Neunt! — 167
- 23 * Index * — 168

Vorwort

„Erzähl doch mal..." und dann sollte ich erzählen. Geschichten aus meiner Kindheit, Spannendes aus meiner Jugend, Witziges aus der Erwachsenenzeit. Und ich erzählte.

Irgendwann sollte ich Geschichten wiederholen. Da begann ich, beim Erzählen das Handy mitlaufen zu lassen. Da konnte ich es später erzählen, ohne anwesend zu sein. Irgendwann dachte ich mir: Mach es doch strukturierter. Eine gute Struktur ist natürlich die chronologische. Also ordnete ich meine Geschichten meinem Lebensweg zu.

Am Anfang war das Baby. Ich hoffe, es bleibt unterhaltsam...

1 Beginnen wir am Anfang

1.1 Meine Mutter bekommt ein Kind

Ich: Meine Mutti bekommt ein Kind.
Frau K: Woher weißt Du das?
Ich: Weil sie Nährbier trinkt, da kriegt sie immer ein Kind...
Frau K war wegen Ruthchens Geburt im Krankenhaus, aber es war zu früh, sie kam wieder heim.
Klärchen stürzte sich auf ihre Tasche: „Wo ist das Baby?"

1.2 Entführt!

Mein erstes Gefährt war ein Korbkinderwagen, weißlackiert mit Sonnenverdeck. Meine erste Gefährtin war meine Mutter.

Mit ihrem kleinen Sohn im Kinderwagen machte sich die frischgebackene Mutter Bärbel auf in die Stadt, die Luitpoldstraße hinab zur Westend-Apotheke, wo sie bis zur Geburt ihres Sprösslings als Apothekenhelferin gearbeitet hatte. Unterwegs schaute sie noch in ein Geschäft.

Doch als sie wenig später wieder hinauskam, traute sie ihren Augen nicht: Wo war der Kinderwagen? Weg! „Volki!" gellte ihre Stimme durch die Straße. Die Leute blickten auf. Aber nirgendwo konnte sie das Korbwägelchen entdecken. Entführt! Mein Kind ist entführt worden!

Sie rannte erst Richtung Arbeitsamt, dann Richtung Gericht… Da erspähte sie in der Ferne einen Kinderwagen.

„Volki!" gellte ihre Stimme durch die Straße. Die Leute blickten auf. Aber nirgendwo konnte sie das Weidenwägelchen entdecken.

Sie rannte Richtung Arbeitsamt, dann Richtung Gericht… Da! Erspähte sie in der Ferne einen Kinderwagen?

„Ist das mein Volker?"

Sie rannte. Schon auf Höhe des Gerichts sah sie ein kleines Mädchen, das den Kinderwagen vor sich her schob. Bärbel sprintete.

„Gib mir mein Kind!" keuchte sie.

„Das ist mein Brüderchen!" wehrte sich das Mädchen.

„Lass den Kinderwagen los!" Mutti riss an der Lenkstange und eroberte das Gefährt mit ihrem Sprössling.

Die Leute starrten neugierig zu diesem ungleichen Paar. Doch sie merkten schnell: Die junge Frau war wirklich die Mutter und Bärbel eroberte ihr Kind zurück.

Das fremde Mädchen war tieftraurig: Es hatte sich so sehr ein Brüderchen gewünscht. Aber Bärbel war viel zu aufgeregt für Mitgefühl. Ihr Kind! Sie hatte es wieder.

Dieses Erlebnis prägte sich ganz tief in sie ein… und durch ihre Erzählungen auch in mich.

1.3 Volkilein ging allein 1958

Ich war wohl gut drei Jahre alt, als ich beschloss, von zu Hause auszuziehen. Auf mein Gestell eines Kinderkinderwagens mit Holzrädern packte ich das Lebensnotwendigste – wie eine Puppe, und machte mich unerkannt auf den Weg. Die Mechwartstraße vor bis zum Kufi, zum Kugelfischer, die Kreuzstraße hinunter bei Bäcker Kümmerl und Milchmann Angler vorbei. An der Eisdiele bog ich in die Bahnhofstraße ein und marschierte am Verwaltungsgebäude des Kufis vorbei. Das war schon ziemlich viel weite Welt.

Zuhause suchte mich meine arglose Mutter: „Wo ist er nur geblieben?" Sie konnte mich nicht aufstöbern. Also rief sie: „Volki!" Eine aufmerksam Nachbarin sagte: „Der Volki? Den hab ich vorhin noch gesehen, da ging er bei Anglers vorbei."

Mutti konnte es nicht fassen, machte sich aber an die Verfolgung. In der Bahnhofstraße, die ziemlich lang ist, schnappte sie dann ihren sanges- und wanderfreudigen Sohn: „Hänschen klein ging allein in die weite Welt hinein" und „das Wandern ist des Müllers Lust" hatten mich geprägt. Also hatte ich kein schlechtes Gewissen, trotz meiner aufgeregten Mutter. Doch nach der Weltreise freute ich mich auf ein gutes Abendessen.

1.4 Pariser im Westend

Bis zu meiner Geburt arbeitete Mutti als Apothekenhelferin zunächst in Thann, dann in Schweinfurt in der West-End-Apotheke. Eines Tages war sie, Ende zwanzig damals, an der Theke und ein Mann kam und wollte „Pariser" kaufen. Meine Mutter schaute groß: „Was möchten Sie?" Sie hatte keine Ahnung. Dem Mann war es peinlich.

Der Chef bekam es von hinten mit. Er drängte meine Mutter beiseite und verkaufte dem Mann die Präservative. Danach klärte er seine Angestellte, die leicht errötete auf, worum es sich handelte. Sie war immer fest überzeugt, in einer sehr aufgeklärten Familie aufgewachsen zu sein. Aber so weit war das dann wohl doch nicht gegangen.

In der Westendapotheke durfte ich mich auf die Waage stellen und meine Größe messen lassen. Außerdem bezogen wir von dort unseren Himbeersaft. Der Sirup war in einem großen Glasballon und musste eine Saison reichen. Das war im Sommer unser Standardgetränk. Vati leistete sich mitunter den Luxus, mit Milch aufzufüllen, was mich faszinierte.

1.5 Kindergarten

Dann kam die Zeit, in der ich in den Kindergarten ging. Vielleicht war meine asthenische Mutti überlastet. Vati war ähnlich wie ich nicht leicht zu überlasten, weil er immer alles auf die Reihe kriegen wollte. Da er in der Friedensschule bei der Gustav-Adolf-Kirche arbeitete lag es nahe, dass er mich auf sein Rad packte und in den Kindergarten brachte.

Bis heute erinnere ich mich an den Gustav-Adolf-Kindergarten. Fast übel wurde mir eines Tages beim Mittagessen. Aus meinem Teller hatte ich Frühlingssuppe gegessen. Nun füllten die Kindergärtnerinnen Erdbeerpudding hinein. Erdbeerpudding mit Suppengeschmack! Igitt! Ich mag beides nicht mehr, genau deswegen.

Eines Tages fuhr mich Vati mit dem Fahrrad heim. Er hatte vorne auf die Längsstange einen Kindersitz montiert. Während der Fahrt roch er etwas und tatsächlich musste ich ihm dann gestehen, dass ich schon im Kindergarten in die Hose gemacht hatte, mich aber nicht traute, es ihm zu sagen. So saß ich meine „Scheiße" bis zu Hause durch. An das Gefühl erinnere ich mich immer noch.

„Auferstehungskindergarten, hinten wird die Kirche noch gebaut.

Im letzten Kindergartenjahr spielte ich in einem Anspiel zwischen Kindergarten und Auferstehungskirche am Bergl mit. Die Eltern, also die Öffentlichkeit bildeten das Publikum. Als Bäckersteckte ich mir eine echte Pfeife im Mund. Vor Aufregung kippte ich mit dem Stuhl nach hinten um und landete auf dem Rasen. Das Publikum fand das komisch, lachte und applaudierte. Auf diesen Erfolg als Volksdarsteller war ich äußerst stolz.

1.6 Kindergarten und Mauerbau

In diese Zeit fiel der Mauerbau in Berlin. Nicht nur meine Großeltern Henschel, sondern auch mein Onkel Ekkehart wohnte mit seiner Familie in der „Zone". Er war in der Diktatur des „Dritten Reiches" aufgewachsen, lange in entwürdigender russischer Kriegsgefangenschaft gewesen und musste nun als Lehrer in der „DDR" erdulden, dass er schon wieder seine Meinung nicht frei sagen durfte. Es zeichnete sich ab, dass die DDR die Grenze zum Westen dicht machen würde.

Eines Tages machten sich daher er und Tante Gisela mit den beiden Kindern Dorle und Franzl auf den Weg nach Norden. Giselas etwas ältere Tochter blieb ohne Abschied bei Giselas Eltern, damit nichts verraten würde. mit ihren Eltern Henschel aus der SBZ (Sowjetische Besatzungszone). Mit dem Zug reisten sie von Malmärz in Thüringen nach Berlin.

„Gisela, wir dürfen nicht zusammen fahren, sonst könnte jemand misstrauisch werden."

„Und wie sollen wir es dann machen?"

„Ich habe eine Idee: Ich besuche einen Lehrerkongress in der Hauptstadt und zufällig besuchst du gleichzeitig mit den Kinder Verwandte in Berlin."

Das konnte klappen.

„Einsteigen!"

Sie hatten sich am U-Bahnhof im Osten getroffen und konnten noch mit dem normalen Ticket durch den West-Sektor und dabei aussteigen.

„Wenn nur die Kinder den Mund halten!"

Vopos, Volkspolizisten waren auf den Bahnhöfen und gingen auch durch die Wagons. Es war ziemlicher ‚Betrieb und so konnten sie nicht allzu genau kontrollieren. Vielleicht wollten sie das auch gar nicht. Tante Gisela wie Onkel Ekkehart aber bibberten, dass die Kinder sie in der S-Bahn verraten könnten.

Dann waren sie im Westen, fielen sich um den Hals und suchten nach einer „Auffangstelle". Der Aufenthalt in Berlin war nur kurz. Bald ging es mit dem Flugzeug in den Westen und nachdem klar war, zu welchen Verwandten sie kommen könnten, durften sie weiter.

„Der Kindergarten ist aus. Jetzt holt uns bestimmt die Mutti ab!" Gitte war sich sicher. Wir beide gingen zur Tür und zogen uns schon mal an.

„Schau mal, da ist Mutti!" rief ich. Dann aber schaute ich ganz verblüfft: „Franzl und Dorle sind auch dabei." Und Brigittes Patin Tante Gisela war ebenfalls mit von der Partie.

„Juhu!" Wir fanden das toll. Wir checkten die Großwetterlage nicht.

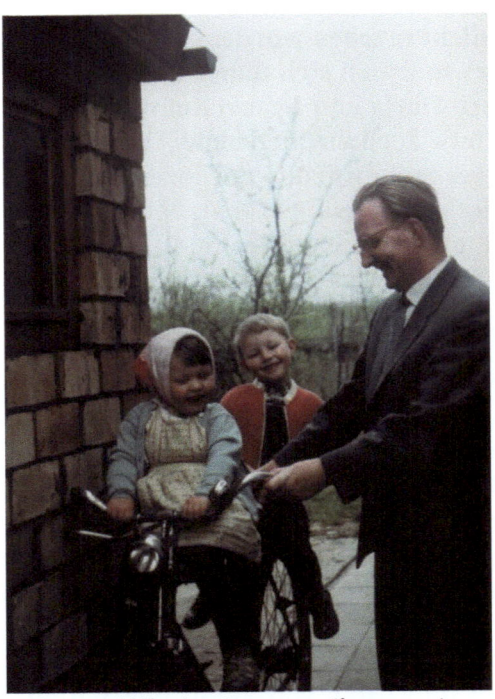

So kann man auch zwei Kinder transportieren, etwa zum Kindergarten. Die selbstgebaute Garage ist noch unverputzt. Auf das Dach stieg ich öfters hoch, meistens um einen Ball herunter zu holen. Hinten ist die Kufi-Wiese unverbaut.

1.7 „Die Zone" Grenzübertritt SBZ[1] 1959

„Die Zone" war für mich ein Faktum. Dass die Welt meiner Eltern bis 1945 geographisch anders aussah, verstand ich nicht

---

[1] SBZ: Sowjetische Besatzungszone. Bei uns waren die „Amis".

wirklich und die Grenzöffnung 1989 wie die folgende Wiedervereinigung waren für mich außerhalb realistischer Vorstellungen.

 Bis 1960 gab es noch einen Grenzverkehr. Zu den Großeltern zu kommen war nicht so einfach, weil sie im grenznahen Bereich wohnten. Da brauchte man eine besondere Erlaubnis. Trotzdem fuhren wir hin. Für mich eine Kindheitserfahrung.

 Natürlich zog eine Dampflok den Zug. An der Grenze zur DDR mussten wir aussteigen und den Zug wechseln. Das hatte auch den Grund, damit im „West-Zug" nichts geschmuggelt werden konnte. Wichtiger noch war es bei der Rückfahrt, damit auch keine Menschen „geschmuggelt" werden konnten. Da man im Westen besser verdienen konnte und es auch mehr zum Kaufen gab, wollten viele Menschen in den Westen. Wenn aber niemand, der arbeiten konnte, mehr da wäre, würde der Staat kaputt sein. Deswegen gab es die Reisesperre.

 Beim Aufenthalt auf dem Grenzbahnhof war ich müde. Da gab mir mein Vater eine kleine Zinnfigur, einen Polizisten zum Spielen. Während dessen unterhielten sich die Erwachsenen. Natürlich vor allem darüber, wie die Zeiten sich geändert hätten, man früher einfach hin und her fahren konnte, jetzt aber über eine Grenze musste. Man durfte nur mit einer besonderen Erlaubnis rüber. Die Großeltern hatte sie für uns beim Kreisamt beantragt und wir hatten sie dabei. Natürlich wurden wir auch überprüft, ob wir wirklich wir sind. Dafür hatten wir die Ausweise dabei. Zudem musste Geld umgetauscht werden. Zwar bezahlte man in ganz Deutschland mit Mark und Pfennig, aber das DDR-Geld war anders und in Wirklichkeit auch viel weniger wert. Man musste es aber umtauschen, als ob es gleich viel wert wäre. Dafür gab es eine Mindestsumme. Zurücktauschen konnte man das Geld verräterischer Weise nicht.

 Zudem waren viele Soldaten da. Und viele Polizisten, die wie Soldaten wirkten. Mir machten die Soldaten keine Angst. Ich hatte ja den Krieg nicht miterlebt und auch nicht fremde Soldaten als Gefahr. Ich fand sie eher interessant. Uns Jungs begeistern öfter Uniformen.

 Die Weiterfahrt ging nach meiner Erinnerung in einem Güterwagen. Das Einsteigen war einerseits umständlich, weil es so hoch war (ohne Treppen), andererseits waren die Türen sehr breit.

Es war Nacht. Für mich eine eigentümliche Erfahrung: Nachts im dunklen Zug. Es war ja ein Güterwagon, also ohne Licht. Wir kamen an und die Großeltern, die nahe am Bahnhof wohnten, holten uns ab. Es gab Umarmungen und dann Essen und Trinken.

1.7.1 Stacheldraht

Als 1961 die Mauer in Berlin gebaut wurde, wurde zugleich die innerdeutsche Grenze mit Stacheldraht bewehrt (und nicht nur bewacht, sondern auch bewehrt). Wir fuhren (mit dem Bus) von Schweinfurt zur Grenze und schauten hinüber. Ich erinnere mich noch, dass ich unverarbeiteten Stacheldraht dort auf dem Feld liegen sah. Dahinter war ein Wachturm. Obwohl meine Eltern mir erklärten, was los war, habe ich es nicht verstanden.

1.8 Heiße Geschichte: Ölofen im Kinderzimmer!

Das Anzünden der Ölöfen war für mich immer nervig langwierig. Man musste dazu ein Ventil öffnen, warten, dass das Öl eingesickert war und dann mit dem Wachsblättchen, das man hinein warf, anzünden. So kam es, dass ich eines Tages vergaß, dass das Öl gerade einsickerte und als ich erschrocken daran dachte, sah ich einen kleinen Ölteich am Boden. Schnell zündete ich mit einem Streichholz ein Blättchen an und warf es hinein. Fast wäre es abgesoffen. Dann aber brannte es doch. Ich schloss den kreisrunden Deckel und schaute durch das Guckloch hinein. Lustig flackerten die Flammen. Ich war erleichtert, doch nur kurze Zeit, denn das Feuer brannte wirklich heftig und man hörte es und bald… ja, bald begann der Ofenkessel braun zu werden, dann dunkelrot und dann glühte er. Was nun? Wenn das jetzt zerbricht, dann brennt das ganze Haus! Aber ich konnte nichts dagegen tun. Ich konnte ja auch kein Wasser drüber gießen, sonst wäre der Ofen zersprungen. Vorsichtshalber verließ ich das Zimmer. Als ich zurückkehrte, ohne dass das Zimmer brannte, war es knallheiß, aber der Kessel wieder schwarz. Natürlich hatte ich das Ventil vorher zugedreht. Das Feuer war inzwischen ganz aus. Ich wartete noch, bis der Ofen wirklich abgekühlt war und machte mich wieder an die Arbeit, diesmal aber ganz aufmerksam. Es klappte…

1.9 Das Rathaus brennt! 20. April 1959

„Das Rathaus brennt!" hieß es. Vermutlich rief Tante Irmgard bei uns an, die in der Metzgergasse direkt neben dem Rathaus wohnte.

„Brandgefahr!" Klar, sie hatten ein altes Haus. Funken konnten überspringen. Das war im engsten Sinn des Wortes brandgefährlich. Vati schwang sich aufs Rad und war in weniger als zehn Minuten vor Ort. Der Dachstuhl stand in Flammen, als er ankam. Männer bildeten Ketten und reichten Löschwasser weiter. Vati war dabei. Auch die Metzgergasse musste abgeschirmt werden. Der Ostgiebel bog sich nach außen und drohte in die Brückenstraße zu stürzen. Die Feuerwehren arbeiteten auf Hochtouren und brachten den Brand unter Kontrolle.

Dann ging Vati erst mal zu Krackhardts. Sie mussten die Aufregung verkraften.

Es war der Abend des 20. April 1959. In ihrer Jugend nur 14 Jahre vorher feierte man da „Führers Geburtstag". Wie war es zu dem Feuer gekommen? Das Rathaus, von Nickel Hofmann um 1570 erbaut, hatte die Zerstörung durch die Bomber im Krieg überstanden. Aber jetzt musste direkt daneben ein neues Rathaus hinzugefügt werden. Bei den Schweißarbeiten im Obergeschoss gab es einen Brand, der gelöscht wurde. Doch es musste ein Glutnest geblieben sein.

Oder war es an Führers Geburtstag ein Anschlag der Nazis wie seinerzeit beim Reichstagsbrand?[2]

2 Schule!!!

2.1 Albert-Schweitzer-Schule

Die Albert-Schweitzer-Schule war eine neue Schule. Mit einem tollen Fest wurde sie eingeweiht. Ich hatte den Bau miterleben können, weil direkt daneben unser Auferstehungs-Kindergarten stand. Unsere Klasse war die erste Erste, die dort eingeschult wurde und wir waren in einer sogenannten „Gemeinschaftsschule", also mit Evangelischen und Katholischen gemischt. Die

---

[2] V. Schoßwald, Bonhoeffer S.32: Karl Bonhoeffer erstellte ein Gutachten über den angeblichen Täter.

Eingangshalle war mit grünen Büschen und Bäumen, sogar Gummibäumen gestaltet. Das sollte an Schweitzers Urwald erinnern.

Die drei Teile der Schule war leicht versetzt und an den Wänden dazwischen Mosaike mit Motiven aus dem Urwald, vor allem wilden Tieren, bunten Vögeln und vielen Pflanzen. Wir Erstklässer waren im Erdgeschoss und die älteren im ersten Stock, z.B. bei meinem Vater in der dritten Klasse. Meine Lehrerin hieß Fräulein Oppel.

Fräulein Oppel mochte ich sehr. Ich mochte meine Lehrerinnen immer. Dass Lehrerinnen nicht heiraten durften und von daher immer „Fräulein" blieben, wusste ich, aber ich fand es erst später empörend.

Ich liebte es, wenn sie mit bunter Kreide Bilder an die Tafel malte. Einmal fabrizierte sie einen Spazierstock an die Tafel und dann noch einen daneben und erklärte uns dann, das sei ein „n". Das große „B" lernten wir mit der Zeichnung eines dicken Bauches. Ich habe mir alle Buchstaben ausnahmslos bis heute gemerkt und kann es nicht ausstehen, wenn irgendwelche übergeschnappten Pädagogen die grammatischen Regeln und die Rechtschreibung von damals ändern. Erstens bringt es nach meiner Erfahrung gar nichts und zweitens stört es das Verständnis der Eltern- und Kindergeneration. Allein in meiner Schulzeit musste ich dreimal das für meinen Nachnahmen wichtige „scharfe s" oder auch „Es-Zett" neu lernen. Ich glaube, im Bildungsbereich gibt es viel Profilierungssucht und müssen Karrieristinnen ihren Wert dadurch beweisen, dass sie Reformen anleiern. Meinen Grundschülern sagte ich immer: ich schreibe das jetzt so, wie ich es von meiner Lehrerin gelernt habe – und ihr schreibt es so, wie ihr es von eurer Lehrerin lernt. Meine Schrift finde ich an etlichen Stellen besser lesbar als die sogenannte vereinfachte Ausgangsschrift.

Am Ende der ersten Klasse schrieb uns Fräulein Oppel viele Wörter an die Tafel. Aber irgendwie bekamen wir das Wortungetüm nicht auf die Reihe.

Sie lachte: „Das habe ich jetzt aber ganz ungeschickt gemacht! Ich hätte doch Platz lassen sollen zwischen der Wörtern…"

Dann schrieb sie es noch einmal mit Platz zwischen den Wörtern hin und auf einmal…

Wir übten es auch gleich und mussten jeweils einen Finger nach dem Wort auf das Blatt legen, damit das nächste Wort genügend Abstand hatte. Bis heute habe ich mir die Szene gemerkt!

Die inzwischen betagte Lehrerin, Frl. Oppel

2.2 Mäusefang Erste Klasse 1961

Ich war in der ersten Klasse und durfte allmählich alleine zur Schule gehen – naja, vielleicht fand es Mutti auch bequem, denn sie setzte sich ungern Belastungen aus. Eines Tages aber – es war ein ziemlich sommerlicher Tag – wartete sie und wartete weiter. Die Kinder kamen allmählich nach Hause – etliche meiner Spielkameradinnen besuchten dieselbe Schule. Ein Kind kam, ein anderes Kind, das nächste Kind, aber Klein-Volki war nicht dabei. Nun begann sie doch, sich Sorgen zu machen – aber als gestresste Mutter von zwei kleineren Kindern konnte sie nicht einfach sich auf die Suche begeben.

Als eine Nachbarin vorbeikam, fragte Mutti: „Haben Sie Volki gesehen?" Die Nachbarin bejahte dies unschuldig: „Volki ist noch oben in der Straße, die nicht fertig gebaut ist. Er sucht dort wohl etwas."

In der Tat war die Oskar-von-Miller-Straße am Bergl noch nicht fertig. Da entstanden Punkt-Häuser (Niedrige Hochhäuser) und Viel-Familien-Häuser. An der noch unfertigen Straße war ich.

Empört überlegte sich Mutti, wie sie pädagogisch angemessen reagieren könnte. Die Tochter einer Montessori-Erzieherin beschloss: Da hilft nur eine drakonische Maßnahme. Wer seiner Mutter solche Sorgen macht, hat Prügel verdient. Er muss doch wissen, dass er so etwas nicht machen darf und er muss es sich merken!

„Aber wie mache ich, dass es nicht zu schlimm wird? Am besten probiere ich an mir selbst aus!" Also nahm sie ein Stöckchen und schlug sich selbst. Nun wusste sie, wie hart sie zuschlagen könnte. Da sie zur Wehleidigkeit neigte, war es ohnedies sehr zögerlich.

Ekke und Gitte beim Konsum. Hinten bei der Straßenlampe links suchte ich die Maus.

Irgendwann tauchte ich auf. Mutti schimpfte mich: „Wie kannst du nur zu spät nach Hause kommen. Du weißt doch, dass du sofort heimgehen musst!"

Aber nun galt es, ihre neue Erziehungsmethode anzuwenden: Prügelstrafe.

Sie legte mich also übers Knie und verhaute meinen Hintern – in dem Maße, das sie an sich ausprobiert hatte. Ich „heulte pflichtgemäß", wie es Kästner ausdrückte. Dann erst durfte ich erzählen – super, wenn erst die Strafe kommt und man dann erklären kann, was los war. Trotzdem geht es mir gut damit: Ich fühlte mich keineswegs schuldbewusst, sondern meiner Mutter moralisch überlegen!

„Es ist gemein, dass ich bestraft werde. Ich hab doch nur gemacht, was die Lehrerin gesagt hat!"

„Die Lehrerin? Die hat dir bestimmt nicht gesagt, dass du nicht heimgehen sollst."

„Nein! Fräulein Opel hat gesagt, wir sollen morgen eine Maus mitbringen. Dann hab ich unterwegs eine Maus gesehen. Bei den Feldern, wo die Straße aufhört, gibt es viele Mäusepfade. Da wollte ich eine fangen. Aber sie huschte ins nächste Loch. Weg war sie! Dann kam sie bei einem anderen Loch wieder aus. Immer entwischte sie mir. Da sah ich sie herausschlüpfen, aber bevor ich sie erwischte, lief sie in einen Gully. Ich hab sie unten noch gesehen. Ihre Augen blinkten. Dann musste ich warten, bis sie rauskam, um sie zu fangen."

„Und, wo ist sie?"

„Ich weiß nicht. Plötzlich war sie weg. Und wenn ich morgen in die Schule komme, kann ich keine Maus mitbringen. Aber das Fräulein Opel hat gesagt, ich muss eine mitbringen."

Es war zum Heulen. An dieser Stelle erklärte mir Mutti beruhigend, die Maus hätte ich sowieso nicht fangen können, weil sie zu schnell sei und bestimmt würde auch kein anderer in der Klasse eine Maus fangen können.

Damit behielt sie natürlich Recht. Aber ich blieb innerlich der moralische Sieger.

Darstellung von Mutti in ihrem Tagebuch:
Ende Oktober warte ich wieder einmal vergebens auf Volker. Ich frage Mütter aus der Nachbarschaft und alle haben ihn gesehen und ihn mitnehmen wollen. Aber er lehnte ab und sprang auf dem Feld herum als suche er nach etwas. 12,15 Uhr kam er dann

glücklich angezoggelt. Er hatte mir keinen Grund zur Entschuldigung anzuführen, so daß ich annahm, er habe wirklich nur gespielt. Also bekam er eine harte Belehrung auf sein Hinterteil. Was mir innerlich mehr weh tat als ihm. Später, als wir beim Essen saßen, meinte er: „Mutti, aber ich mußte doch erst Mäuse fangen. Fräulein Oppel hat uns doch gesagt, wir sollten heute Mäuse fangen und morgen mit in die Schule bringen; da wollte ich sie gleich fangen, weil doch so viele auf dem Feld herumspringen. Ich habe aber doch keine erwischen können!" So hatte er seinen Abzug eigentlich zu Unrecht bezogen

2.3 Frecher Volki: Engel – Bengel 1962

In unserem Block wohnten zehn Parteien. Wenn ich bei den „Damen", Kaatschens, Zieglers, Ellers und Weltis vorbeigegangen war, musste ich um ein Eck. Dort stand auf dem Klingenschild „Engel". Herr Engel, nicht verwandt oder verschwägert mit meiner Großmutter war ein älterer Lehrer. Seine Tochter war erwachsen, also keine Spielkameradin.

Eines Tages konnte ich nicht widerstehen. Der Dichter in mir drängte sich nach vorne und ich rief laut: „Engel, Bengel!" Zu allem Überfluss wiederholte ich es auch noch. „Engel, Bengel!" Wutentbrannt kam Herr Engel aus dem Haus. „Volker! Was soll das?" Warum ich nicht flüchtete, weiß ich nicht. Auf alle Fälle packte er mich am Schlafittchen und schleppte mich bis zur Nr. 24, wo er klingelte. Vati öffnete. „Herr Lehrer Schoßwald! Es ist unglaublich, was sich Ihr Sprössling hier erlaubt hat. Er verspottet eine Respektsperson!" Vati machte einen irritierten Eindruck. Einerseits schätzte er Herrn Engel, weil dieser ein Lehrer war, andererseits konnte er sich nicht vorstellen, dass sein Sohn etwas Schlimmes gemacht hätte. „Was ist denn nun passiert?"

„Passiert? Herr Schoßwald, ich kann es gar nicht wiederholen, was Ihr Söhnchen zu mir sagte."

„Na, so schlimm wird es nicht gewesen sein. Was sagte er denn?"

Herr Engel blickte mich an, ob ich schon zitterte, dass er das Unglaubliche wiederholte. Dann schaute er zu Vati: „Engel – Bengel hat er gerufen. Mehrfach! Ist das nicht unglaublich? Ich bin sprachlos!"

Vati blickte streng: „Volki, hast du das wirklich gerufen?"

Ich nickte. Schuldbewusst, aber nicht wie ein Schwerverbrecher.

„Volker, das geht doch nicht! Jetzt entschuldigst du dich bei Herrn Engel."

Niedergeschlagen entschuldigte ich mich. Da wandte sich Herr Engel empört an Vati: „Herr Schoßwald! Sehen Sie, wie der Knabe lacht? Der macht sich auch noch lustig über mich bei der Entschuldigung! Das ist ja die Höhe!"

„Aber Herr Engel", Vati versuchte zu beschwichtigen, „Er lacht doch nicht wirklich. Sie wissen doch, wie das bei Kindern ist. Wenn ihnen etwas peinlich ist, lachen sie unsicher."

„Herr Schoßwald!!!" Herr Engel zitterte vor Erregung, „Jetzt nehmen Sie diesen Burschen auch noch in Schutz! Unfassbar! Wenn dass die Lehrer von heute sind, dann gnade Gott unserer Jugend!" Er schritt empört von dannen.

Vati schaute mich an: „Volker, das war wirklich nicht gut! So etwas darf nicht mehr vorkommen." Zerknirscht nickte ich. Aber ich hatte es sowieso schon gemerkt.

2.4 Milch und Blut 1962

Pausenhof der Albert-Schweitzer-Schule

Es klingelte. Pause!!! Fräulein Oppel schaute uns noch einmal nachdrücklich an, dann entließ sie uns in den Pausenhof. Wir sollten ordentlich gehen. Aber: Wir stürmten dann doch bald los.

Es gab drei Pausenhöfe. Wir waren im mittleren und konnten dort wunderbar Fangen spielen, während die Mädchen quatschten. Gitte trug einen dunkelblauen Faltenrock. Den fand ich sehr schick, obwohl mich so etwas sonst nicht interessierte.

Wir sollten auch gut ernährt werden. In der Tat machte sich die Nachkriegszeit noch bemerkbar und die Kinder waren nicht gleichmäßig gut zuhause versorgt. Da setzte dann ein öffentliches Ernährungsprogramm ein: Die Schulmilch. Jeder Schüler erhielt eine Flasche Milch (1/4 l) umsonst. Die Milch war damals im Vergleich zu heute sehr hochwertig und sauber in Gasflaschen abgefüllt, die auch wieder gespürt werden konnten. Nichts mit Müllproduktion. Die Flaschen waren abgezählt.

Ich holte mir also meine Flasche. Wir durften sogar, anders als zu Hause, aus der Flasche trinken. Milch gab es zuhause ohnedies nicht aus der Flasche, sondern meine Mutter holte sie mit der Milchkanne aus dem Molkereigeschäft von Herrn Angler, einem ehemaligen Klassenkameraden von Vati, aus der Kreuzstraße. Herrn Anglers Tochter wurde dann Klassenkameradin von Brigitte.

Ich rannte also von der Ausgabestelle zurück in den Pausenhof, als ich plötzlich stolperte und… plumps am Boden lag. Klirr!

Verdattert!

„Aua!!!"

Meine Hand tat weh und dann sah ich es: die Flasche lag zerbrochen auf dem Steinboden. Die Milch war ausgelaufen. Und die weiße Milch färbte sich rot. Blut! Mein Blut!!

Mein Blut?! Aua!

„Hilfe! Ich blute!"

Die Pausenaufsicht eilte herbei. „Was ist denn los, Volki?" Denn natürlich kannte man den Sohn des Kollegen. Schnell wurde die Wunde erstmal versorgt und mein Vater aus dem Lehrerzimmer geholt.

„Was hast du denn gemacht?!"

Alles das geklärt war, ging er ins Lehrerzimmer: „Kann jemand meine Klasse mitführen? Volker ist im Pausenhof hingefallen. Ich muss ihn zum Arzt bringen." Natürlich organisierten dies seine Kolleginnen.

„Jetzt fahren wir zum Arzt!" Er hob mich auf den Kindersitz auf seinem Fahrrad und radelte mit mir zum Berliner Platz, wo ein Arzt sich um die Wunde kümmerte.

„O, der Schnitt ist ja ziemlich tief! Am rechter Zeigefinger? Der ist wichtig!" Es musste genäht werden und ich die Zähne zusammenbeißen.

„Gut gemacht!" lobte er und machte einen dicken Verband um den Finger. „Das braucht jetzt einige Zeit zum Heilen. Du darfst wieder in die Schule."

„Wirklich? Wieder in die Schule?" fragte mein Vater. Der Arzt grinste: „Na gut, Sie können ihn auch nach Hause bringen, damit er sich von seinem Schrecken wieder erholt. Morgen darf er dann wieder in den Unterricht."

„Prima!" lächelte Vati, „Das machen wir jetzt."

Aber er hatte ganz vergessen, dass zu Hause nicht nur meine liebe Mutti, sondern auch seine hochsensible Frau wartete. Und als die mich sah, dass ich vor der Zeit nach Hause kam und mein Finger verbunden war, da fiel sie schier in Ohnmacht: „Mein Volki! Was ist mit dir passiert?!" Fast hätte mein Vater noch sie versorgen müssen. Aber dann führte sie mich doch schnell ins Wohnzimmer auf die Couch.

Und die Narbe? Die kann ich heute noch jedermann zeigen. Und ich spüre die Muskelnarbe immer noch bei Bewegungen.

Hier aus dem Tagebuch meiner Mutter:

Zwei Tage später bringt Helmut Volker in der Pause heim. Er sieht ganz grau aus und hat einen verbundenen Finger. Ein Schüler hatte ihn umgerannt im Pausehof und da war Volker auf seine Milchflasche gefallen und hat sich bis fast auf den Knochen, dicht an der Sehne vorbei, geschnitten. Ich legte ihn aufs Sofa, wo er gleich einzuschlafen schien. Aber schon nach ½ Stunde fing er entsetzlich an zu schreien „mein Ohr, mein Ohr!" Ich holte gleich Ohrentropfen und Watte und so hofften wir auf baldige Besserung. Trotzdem hielten die heftigen Schmerzen noch lange an. So gab ich ihm um ½ 1 eine halbe Schmerztablette und brachte ihn rauf zu Ekkehart in Vatis Bett. Darauf schlief er ein und erwachte nach 1 Stunde aber ohne wieder Schmerzen zu haben. Am Abend kam Herr Dr. Kranz zu Ekkehart, dem es etwas besser ging und bei Volker stellte er eine starke Entzündung des einen Ohres fest.

Am nächsten Tag legte Brigitte sich noch mit Grippe und ich mußte nachmittags auch wieder mit Fieber ins Bett kriechen. So hatte Helmut ein komplettes Lazarett und er war zu bewundern mit welcher Ruhe er alles hinnahm.

Abends kam dann Emmi immer herüber, um uns zu waschen und das Abendessen zu richten und das Frühstück vorzubereiten.

Die Kinder waren nach ein paar Tagen wieder vergnügt. Volker durfte auch aufstehen, weil er kein Fieber hatte. Und so versorgte er uns auch mit kleinen, wichtigen Hilfeleistungen. Für mich gab es trotz des im Bett Liegens wenig Ruhe, da die Kinder immer Wünsche hatten und unterhalten sein wollten mit Singen, Vorlesen und Basteln…

2.5 Taubenkiller

„Das dürfen die doch nicht machen! Das ist doch furchtbar!" Mein Freund Peter Eirich hatte seine Vorfahren in Wiesenfeld. Weil er so oft davon sprach, war dieses Dorf in meinen Ohren bedeutsamer als Berlin… Eines Tages durfte ich sogar mal mit in dieses märchenhafte Dorf.

Wir wurden von der Verwandtschaft freundlich aufgenommen. Natürlich gab es Kaffee und Kuchen und die Dorfjugend war auch in der Gegend. Wo auch sonst?!

Wir strolchten also durchs Dorf und sogar bis zu den nächsten Feldern, die nicht weit waren. Am Dorfrand sahen wir die Hühner, im Stall die Schweine, möglicherweise gab es auch Ziegen. Hünd und Katz gab's auch.

Ein paar größere Jungs erklärten dann: „Wir gehen jetzt auf Jagd!"

„Wie auf Jagd?"

„Auf Taubenjagd!" Sie hatten Luftdruckgewehre. Das ist nicht so wahnsinnig gefährlich, aber für die Tauben doch. Sie legten an, zielten und schossen. Die Tauben flatterten hoch, aber tatsächlich stürzte eine Taube getroffen ab. Die Jungen jubelten.

„Die mach mer hie!" rief einer der Jungs. Der wollte die doch nicht etwa töten? Schlimm genug, dass sie auf sie geschossen hatten.

Der Rest ging so schnell, dass ich ihn sah. Ich konnte nicht mal mehr wegschauen.

Der Junge packte die Taube, lachte und drehte ihr den Hals um. Wirklich! Sie war tot. Er hatte sie getötet. Ich dachte nie, dass ein normaler Mensch oder gar einer, der nicht mal erwachsen ist, so etwas tun würde.

Ich konnte es nicht fassen. Und mit diesen Jungs wollte ich nichts zu tun haben. Und dort wollte ich auch nicht mehr hin.

2.6 Johannes XXIII / John F. Kennedy 1963

Schweinfurter Haus, Rhön Beim Tod von Papst Johannes XXIII saßen wir in der Küche des Schweinfurter Hauses. Die Erwachsenen, auch die Evangelischen waren betroffen. 3.6. 1963 Es war also im Sommer. [3]

Zum 22.11.63: Am Morgen danach ruft Vati durchs Haus: „Kennedy ist tot." Mutti und er wirkten echt betroffen; das beeindruckte mich am meisten. Außerdem zeigt die Erinnerung. Wir hatten damals keinen TV. (Allerdings gehörten wir zu den wenigen, die ein Telefon hatten).

2.7 Onkel Klaus und sein DKW

Onkel Klaus fuhr einen DKW, also einen Deutschen Kraft Wagen ("Dampf-Kraft-Wagen")[4]. Innen saß man wie auf Leder. Der Blinker ging an der Seite neben der Türe heraus und winkte die Richtung. Vorne hatte er eine sog. Panoramascheibe.

Eines Tages nahmen die beiden mich mit. Ich saß hinten. Kindersitz oder Sicherheitsgurt gab es nicht. Wir fuhren aus der Mechwartstraße heraus nach rechts in die Stresemannstraße und daraufhin gleich nach links in den John-F.-Kennedy-Ring, der damals noch nicht so hieß und möglicherweise nicht einmal eine Verbindung zu den US-Kasernen oder nach Niederwerrn hatte.

---

[3] Freitag, 8. April 2005: heute wurde Johannes Paul II beerdigt...
[4] DKW arbeitete mit verschiedenen Akronym-Entschlüsselungen, z.b. *Des Knaben Wunsch* oder dem Fahrradhilfsmotor *Das Kleine Wunder*. Kühlschrank: Das Kühl Wunder

In dieser Linkskurve öffnete sich auf einmal die rechte Türe bei Tante Rosel. Die war natürlich nicht angegurtet, weil es keine Gurte gab. Sie schrie schrill und klammerte sich an ihren Sitz – sie konnte sehr weiblich kreischen -. Onkel Klaus bremste. Dann machte sie seufzend die Tür zu und alles war gut. Mich beeindruckte das schwer.

2.8 Apropos Indianer

Indianer und Cowboys beherrschten meine Welt jahrelang. Karl May las ich erst viel später.

Wenn man von der Mechwartstraße Richtung „Kugelfischer" ging, war am Ende eine unbebaute Fläche, auf der jemand Erdabraum abgeladen hatte. Weil direkt davor der „Tante Emma"-Laden von Frau Pfister war, nannten wir das Eck auch Pfisterwiese. Am Anfang war ein kleiner Abhang mit vermutlich eineinhalb Metern Gefälle. Das war unsere Rodelbahn. Wer mehr wollte, musste zwei Kilometer zu den Schuttbergen des Zweiten Weltkriegs wandern…

Dort, wo die Erde abgelagert wurde, wuchsen bald wilde Pflanzen und alles bildete eine Art kleines Gebirge. Ganz hervorragend ließ es sich dort indianermäßig kämpfen. Eines Tages fochten wir gegen die Cowboys der feindlichen Kreuzstraße ums Eck. Einer hatte sogar ein Gewehr, während wir uns mit Knallpistolen und Bohnenstangen als Lanzen begnügten. Der wilde Kampf war schon vorüber und die meisten Feinde abgezogen, als eine Frau erschien. Ich kannte sie, sie wohnte zwei Häuser weiter in der Mechwartstraße. Renate Wiener war Journalistin beim Schweinfurter Tagblatt, mit der Vati einen regen Kontakt hatte. Diesmal ging es um uns. Sie brachte ein Stirnband mit Feder mit, postierte uns unter Missachtung unserer Feindschaft zu einer Gruppe und schoss ein Bild, dass dann von der Schweinfurter Bevölkerung goutiert werden konnte. Damals hing die Zeitung übrigens noch öffentlich aus, so dass sie alle Passanten lesen konnten.

Wohl zur gleichen Zeit kämpften Peti (Peter Ziegler) und ich vorn neben dem „Neubau" als Indianer. Auch dort gab es einen großen „Berg" und eines Tages starb ich daran, dass Peti mich erschoss und ich theatralisch den Berg hinabrollte. Ein Passant sah es, sprach mich an und erklärte uns beiden, dass Spielen mit der Waffe schlecht sei. Man muss bedenken, dass damals der Krieg noch keine zwanzig Jahre zurück lag. Da gab es viele schlimme Erinnerungen. Ich war einerseits stolz darauf, dass der Mann mein Sterben so realistisch fand, zum anderen verstand ich auch, was er wollte.

Unser Feind, dann Peter, Volker, Uli, Richard / Mit Ekkehart bei Richard im Sandkasten, hinten der Kaninchenstall

Auch einige Jahre vorher war ich bereits Indianer. Richard Försters ältere Schwestern hatten Kontakt zu GIs und verfügten über eine kleine Plattensammlung. Auch ohne Englischkenntnisse aber verstanden wir eine ihrer Platten: „Da sprach der alte Häuptling der Indianer". Es war ein Hit. Besser gefiel mir jedoch „Taxi nach Texas für Bill", weil darin geschossen wurde.

Im Sommer reichte eine kurze Hose und ein nackter Oberkörper um Indianer zu sein. Von meinem Vater schnappte ich mir ein Multifunktionswerkzeug: Eine Zange mit Hammer und Schraubendreher. Die konnte ich mir in einen Gürtel stecken. Dann machte ich mich mit Richard auf den Weg, seine große Schwester Rosemarie vor den Gefahren der GIs zu beschützen. Sie hatte einen „Ami" als Freund. Wir schlichen den beiden hin-

terher, jederzeit bereit, einzugreifen. Vorsichtig suchten wir Deckung in einer Straße, die keine Deckung bot. Leider verließen sie die Straße, bevor etwas geschah. So kehrten wir ohne Heldentat zurück.

2.9 Ekkehart stürzt vom Bett (ca. 1963)

Als Grundschulkinder machten wir es uns gerne im Bett gemütlich, indem Gitte und ich ins untere Bett zwei Decken taten und uns hineinkuschelten. Das nannten wir dann unsere Mosel.

Wenn die Eltern weg waren und wir frech waren, nahmen wir unsere Decken mit in den Flur und rutschten darauf unsere Treppe, die gewendelt war, hinunter. Das war streng verboten und machte unheimlich Spaß.

Am oberen Bett war eine Abdeckung nach vorne hineingesteckt, damit ich nicht im Schlaf hinunterpurzelte. Eines Tages wollte Ekkehart, der noch ziemlich klein war, hinaufklettern. Forsch und frech war er ja. Er musste dazu, weil wir keine Leiter hatten, eine Aufbewahrungskiste an Gittes Bett schieben, darauf klettern, sich am oberen festhalten und an der Seitenlatte. Wir hatten eine Trittsprosse auf halber Höhe, für den Kleinen unglaublich hoch. Dann musste er sich hochziehen, möglichst mit einem Knie auf obere Bett kommen und draufkrabbeln. Er zog sich also hoch, war mit dem Oberkörper schon auf der Matratze, dreht stolz sein Köpfchen zu uns und rief: „Schau, ich bin ooooooaaaaah!" Dann ratterte er von oben nach unten, mit Nase und Kinn zunächst auf die Trittsprosse und dann unten auf die Aufräumkiste. Die Zähne wurden auf die Zunge geschlagen. „Auuuuu!" Das tat höllisch weh und er blutete. Der Schrei rief Mutti herbei. Sie sah die Beschwerung, nahm ihn in die Arme, untersuchte Kinn und Nase, ließ sich den Ablauf schildern und erklärte dann: „Jetzt müssen wir ins Krankenhaus!" Sie rief also mit dem Telefon ein Taxi – der Taxistand war 500m weiter am Hauptbahnhof und es ging ins Josephskrankenhaus. O, da musste einiges gemachte werden, vor allem wurde das Kinn genäht. Der Arzt klebte noch ein Pflaster drauf: „Ekkehart, das machst du nicht noch einmal!" Das Pflaster blieb einige Zeit wie eine stumme Mahnung.

Auch als alles verheilt war: Diese – zum Glück kleine – Narbe blieb.

Für den Draufgänger blieb es natürlich nicht bei diesem einen Unfall. Wir brausten mit unseren Rollern durch die Mechwartstraße. Er hatte einen aus Metall, der ihm ein bisschen zu groß war. In voller Fahrt stürzte er, fiel nach vorne und direkt auf den querstehenden Lenker. Der bohrte sich dann in sein Kinn! Au!!! Schmerzen, Blut, aufgeregte Mutter und ein Taxi ins Krankenhaus Sankt Joseph.

2.10 Die Hitparade

Thema „Beatles". Ich sah heute (2003) mit Martin meine aktuelle DVD von Paul-McCartney an. 2020: Ich habe Karten für ein Konzert mit Paul McCartney (77) in Hannover: Volker, Martin und Levi. Das wird geil! 27.3.21: Es wurde nicht geil. Es fiel Corona zum Opfer.

Hitparade im elterlichen Bett mit modischer Bettbeleuchtung

Kindheit. Wir lagen alle fünf Freitag Abend im Bett (Ehebett) und hörten die Hitparade, wartend auf „Frag den Abendwind", den Hit der Familie. Da kamen auch die Beatles. Ich wollte wissen, wer das ist. Vati übersetzte den Namen souverän als Pilzköpfe und outete sich im Nachhinein als Ignorant. Ich verband dann emotional die Beatles mit regennassen Pflastersteinen. Ihr Hit „I'm a loser" hieß in meinen Ohren: Amalusa, so etwas wie Amazonen...

„Jetzt schreiben wir dem Bayerischen Rundfunk!" Vati machte es wirklich. Er schickte eine Postkarte nach München, denn wir wollten, dass „Frag den Abendwind" von Françoise Hardy auf Platz Eins käme. Es half nichts. Wir wussten nicht, dass es nach Verkaufszahlen und nicht nach Zuhörerstimmen ging. Das war 1965. Dann kam „Er steht im Tor" von Wencke Myrrhe 1969.

„Das wird bestimmt die Nummer Eins!" erklärte Vati souverän. „Fußball lieben die Leute. Das wird der große Hit!"

Ich fand das zu überfliegermäßig gedacht. Wenn die Welt so einfach wäre, würden alle Künstler sich auf Platz Eins katapultieren. Ausnahmsweise hielt ich Vati hier für provinziell und kleinbürgerlich.

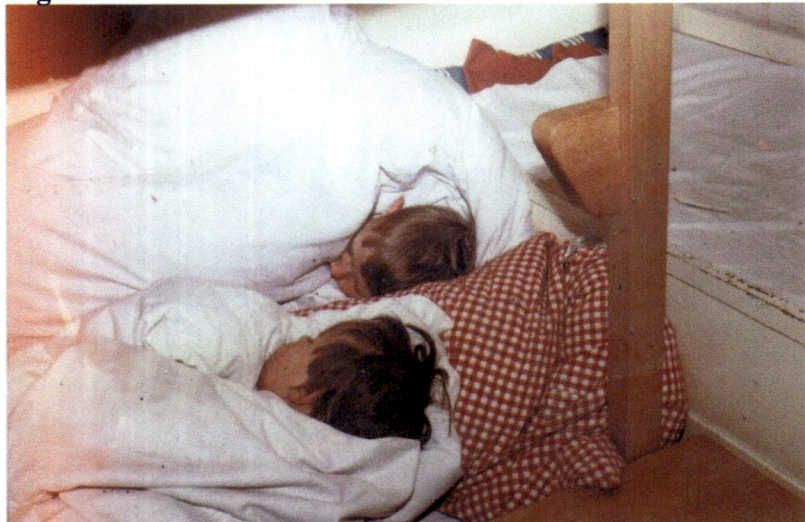

Wir kuscheln uns aneinander. Gitte und ich im Hochbett und Ekkes Bett daneben

3 Schreck und Unfälle 1963 / 64

3.1 Die Zigeunerin

„Hilfe! Vati! Da ist jemand Fremdes im Haus!"

Abends blieben wir allein zuhause, weil die Eltern ausgingen. Wir zogen uns ins Bett zurück, kuschelten uns aneinander und wussten: Wenn wir ganz viel Angst bekommen, dann klopfen wir an die Wand. Dann kommen die Damen von nebenan und schauen nach dem Rechten. Aber es war klar: So viel Angst kriegen wir nie...

Doch: Ich bekam Angst! Noch bevor meine Eltern gegangen waren.

Gut vorbereitet auf unseren Abend waren wir im Kinderzimmer im ersten Stock. Ich ging noch einmal die Treppe hinunter und erstarrte: Eine wildfremde Frau kam mir entgegen. Unheimlich: Sie hatte lange schwarze Haare. Sie trug ein knallrotes Kleid und eine weiße Bluse. Eine Zigeunerin? Als sie die Hände ausstreckte, sah ich ihre knallroten Fingernägel. Auch die Lippen erschienen grell rot. Ihre Augen waren groß, mit langen, schwarzen Wimpern. Uuh! Eigentlich sah sie echt attraktiv aus. Aber doch nicht hier bei uns im Haus, wenn meine Eltern weggehen!

Mutti an Fasching.

„Hilfe! Vati!" schrie ich, „Eine fremde Frau ist in unserer Wohnung!" Mein Vater kam aufgeregt aus dem Wohnzimmer neben dem Flur. Er schaute zu der Frau, er schaute zu mir, er schaute zu der Frau, er schaute zu mir: „Volki! Du brauchst doch keine Angst zu haben!" Er konnte immer alles beschwichtigen. Aber natürlich hatte ich Angst: „Doch!"

„Volki! Das ist doch die Mutti!"

„Nein!" Ich glaubte ihm nicht. Meine Mutter war blond, hatte keine langen Wimpern und war niemals so angezogen. Die knallroten Fingernägel und diese Lippen! Nein! Da streckte sie ihre Arme aus und zog mich an sich heran: „Volki! Ich bin doch die Mutti!"

Ich schnüffelte: „Mutti, du riechst gut!" Sie hatte wohl auch ein exotisches Parfüm genommen. Irgendwie konnte ich Vati verstehen, dass er diese rassige Frau meiner farblosen Mutter vorzog.

Sie hatten sich für eine Faschingsfeier verkleidet…

3.2 Brutaler Freund!

Nein, Unschuldslämmer waren meine Freunde auch nicht. Manchmal „erbte" man Kleider von größeren Kindern, eigentlich nur in der Verwandtschaft. Aber von Klärchen erbte ich einmal eine grüne gesteppte Jacke, die ich einfach toll fand.

Mit den Freunden spielte ich vorne beim Elektrizitätshäuschen. Eigentlich war dort ein Bretterzaun, aber wir vergrößerten eine Lücke und wagten uns hinein.

Eines Tags kämpfte ich sogar mit einem meiner Freunde. Er gewann. Ich lag auf dem Boden. Da zeigte er mir, dass er der Sieger ist. Er zog einen „Ladykracher", so einen kleinen Feuerwerksknaller aus seiner Jackentasche, zündete die Lunte an und ließ den Kracher auf meine Brust fallen. Er explodierte. Es war furchtbar. Natürlich gab es nur einen ganz kleinen Knall und es brannte sich auch nur ein kleines Loch ein, aber die Aktion als solche, das war doch kein Spaß mehr, sondern pure Gewalt. Ich kam mir vor wie ein Opfer der Nazis. Aber ich machte nichts dagegen. Die Freundschaft explodierte natürlich zeitgleich.

Zwar spielten wir nach langer Zeit wieder miteinander, weil das einfach Spaß machte, aber das Misstrauen blieb.

3.3 Verbrühtes Bein Oktober 1963

Es war ein historischer Tag![5]

Zunächst begann alles recht harmlos. Mutti musste wieder mal auf Kur. Meine Schwester kam zu einer Tante, mein Brüderchen

---

[5] Recherche 2020: Die Einweihung wurde am 4. Oktober 1963 gefeiert.

kam zu einer Tante, mein Vater und ich blieben allein. Vati war oft in seiner „Urwald"-Schule und ich versorgte mich ein Stück weit allein. Eines Tages, es war Nachmittag und Vati im Arbeitszimmer, ging ich in die Küche. Dort stand der alte Kohleherd mit der dicken Eisenplatte obendrauf. Wenn der Herd früh angeschürt war, blieb er auch lange an, denn auf dem heißten Eisen konnte immer ein Wasserkessel aus Blech dampfen. Er war alte zerbeult, mehr breit als hoch, vorne mit einer dicken kurzen Schnauze, auf die man einen Stutzen setzen konnte, der beim Kochen pfiff. Man konnte dann den Topf zur Seite schieben und auch den Stutzen wegmachen. Dabei musste man aufpassen, denn wenn der Wasserdampf herauskam, konnte man sich leicht verbrühen!

Da das Wasser aber nicht dauern kochen sollte, stand es nur am Rand und der Stutzen lag an der Seite. Das heiße Wasser stand bereit, noch aus den Zeiten, wo es keinen Durchlauferhitzer gab, und wir brauchten es beispielsweise beim Spülen, wo wir es mit kaltem mischten. Regel: erst die Gläser in warmtemperierten Wasser spülen, damit das Glas nicht trüb wird. Dann heißes Wasser nachgießen und den Rest spülen. Das Besteck konnte die ganze Zeit unten auf dem Boden der Spüle bis zum Schluss warten.

Als meine Geschwister alt genug waren, wurde das Spülen aufgeteilt: Einer spülte, einer trocknete ab, einer räumte auf. Ich machte immer das, was das Schönste war. Das heißt: Ich spülte, weil es so toll war, wie alles wie neu aussah. Oder ich trocknete ab, weil es so toll war, dass ich alles zum Glänzen bringen konnte, vor allem das Silberbesteck. Oder ich räumte auf, weil es so toll war, dass ich eine Ordnung entdeckte und ein System, wie sich alles gut verstauen ließ.

Diesmal wollte ich den Kessel von der Platte nehmen. Er stand schon relativ weit in der Mitte, also schob ich mir den hölzernen Hocker hin und stieg darauf. Ich nahm den Kessel, der kräftig dampfte, kam ins Wanken mit dem Kessel in der Hand, kippte vom wackeligen Hocker und das kochende Wasser… Aaahh! ergoss sich über mein Bein. Ich trug kurze Hosen, wenn auch mit Socken. Kurze Hosen trug ich von April bis November.

„Aaauua!" Ich schrie entsetzt. Erschrocken sprang mein Vater aus dem Arbeitszimmer herbei: „Was ist denn passiert?"

Er sah es auf den ersten Blick. „Setz dich auf die Bank!" Er machte ein Handtuch nass: „Das müssen wir sofort abkühlen."

„O Gott, wie ist denn das passiert?!" Er wollte es gar nicht wissen, denn er sah, wie das kochende Wasser die Haut abgebrüht hatte. Rotes Fleisch war zu sehen und es tat höllisch weh, vermutlich auch ihm. Vati war sehr einfühlsam. Als er mir vorsichtig die Socken auszog, schrie ich wie am Spieß: Da blieben Hautfetzen am Stoff hängen.

„Jetzt brauchen wir einen Arzt!" Im Flur neben der Küche stand auf einem Brett unser Telefon, schwarz mit Wählscheibe und darunter in einem Fach das Telefonbuch. In der Straße gab es nur zwei Telefone, eines war bei uns und oft genug kam jemand aus der Nachbarschaft, um zu telefonieren, manchmal sogar Klärchen, obwohl bei denen das zweite Telefon stand. Aber ihr Vater hatte es tatsächlich abgeschlossen und er wollte auch nicht, dass sie Freundinnen oder später gar Freunde anrief.

Vati verständigte unseren Kinderarzt, Dr. Kranz, der auch bald erschien. Ein Arzt, der Hausbesuche machte! Das war damals die Regel.

Dr. Kranz warf einen kurzen Blick auf das Bein: „Hu! Das ist aber ganz schön heftig!" Mein Vater versuchte immer noch, das Bein zu kühlen. Dr. Kranz lobte mich: „Du bist sehr tapfer, Volki. Nun, da müssen wir eine Salbe drauf machen. Aber vorher muss ich es auch ein bisschen reinigen."

Misstrauisch beobachtete ich jede seiner Handlungen. „Nein! Nein! Nein!" So tapfer war ich doch nicht, dass ich mir das Bein abschneiden ließ. Er holte nämlich nicht nur eine Salbe und eine Binde aus seiner Tasche, sondern auch noch eine Schere. Mir war völlig klar: Jetzt nimmt der Arzt die Schere und schneidet das kaputte Bein ab!

„Nein!! Ich will nicht, dass du mein Bein abschneidest!"

„Volki! So ein Unsinn! Ich schneide dir doch nicht das Bein ab! Ich muss nur von der Binde ein Stück abschneiden, sonst ist sie zu lange."

Ganz beruhigt war ich nicht und blieb ein bisschen misstrauisch. Er erklärte: „Schau, jetzt mache ich dir die Salbe drauf." Das tat wirklich gut. Es kühlte angenehm und tat kein bisschen weh.

„Jetzt kommt noch die Binde." Wieder war ich angespannt, denn natürlich berührte die Binde die kaputte Haut.

„Herr Schoßwald, helfen Sie mal mit!" Gegen mein Zittern hielt mein Vater das Bein hoch und der Arzt wickelte die Binde sauber herum. Am Schluss setzte er noch zwei Schwiegermütter[6] an und damit war das Werk getan.

Dann sprachen die beiden Männer noch ein wenig und er ging wieder. Ich musste natürlich liegen bleiben und durfte nicht in die Schule gehen. Das war ganz blöd!

Nein, nicht wegen der Schule, sondern wegen der großen Aktion, die anstand. Die ganze Schule sollte zu einem riesigen Fest gehen. Ein Jahrhundertereignis: Der neue Hafen Schweinfurts wurde eingeweiht. Hamburg, Bremen, Schweinfurt! Die großen Häfen dieser Welt!

Das Fest fand statt, aber ohne Franz Volker. Der musste zuhause auf dem Sofa liegen. Aber es fand statt mit Franz Helmut, dem Lehrer, der mit seiner Klasse selbstverständlich etwas beitrug, ein Lied, ein Gedicht. Ich war so neidisch auf alle, die dabei sein konnten!

Natürlich dachte mein Vater an mich und ließ mich doch ein Stück weit teilhaben an den Festivitäten: Zur Einweihung des Hafens wurden an die Schulkinder „Bratwürste im Brotteig" verteilt. Lecker! Jeder bekam eine und Vati organisierte auch eine für mich. Seitdem träume ich von dieser Wurst, denn so gut schmeckte später nie mehr eine.

Die Verbandswechsel später waren unspektakulär. Immer gab es frische Salbe und neue Binden. Irgendwann erklärte der Doktor mich für geheilt.

Als später meine liebe, gute, treusorgende Mutter nichtsahnend von ihrer Kur zurückkehrte und mit entspannter Neugierde sich erzählen ließ, was so geschehen war, war mit einem Mal der ganze Gewinn der Kur dahin: „Nein, Volker, mein Volker, was ist da bloß passiert? Was hätte da passieren können! Oh nein!"

---

[6] „Schwiegermütter" nannten die Ärzte kleine Gummibandklammern, die die Enden von Binden festkrallen sollten. Wohl wegen der Krallen wurden sie mit bissigen Schwiegermüttern verglichen.

Vati und ich blickten uns nur an. Ohne Mutti war es doch entspannter gewesen.

4 Schulaufsätze: mit originalen Fehlern:

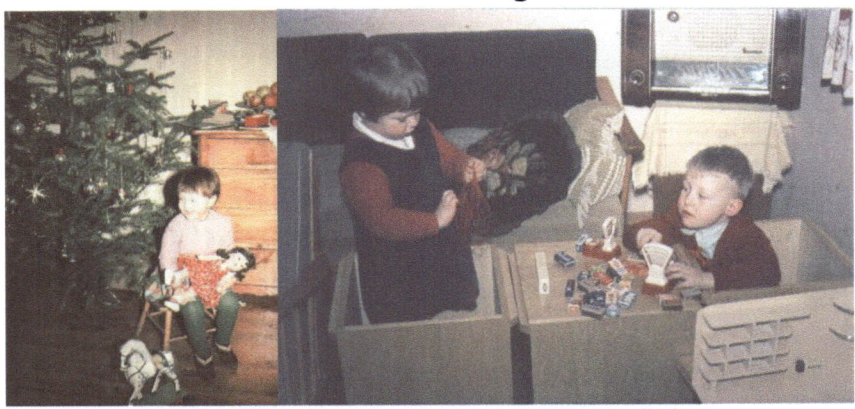

Gitte vor Weihnachtsbaum und wir spielen Kaufladen

4.1 „Am Heiligen Abend" 13.1.1964

„Am Heiligen Abend.
Bevor wir zu Mittag asen, musten wir noch baden. Nach dem Baden asen wir zu (Abend) Mittag. Dann kamm das spannende daran. Ekkehart und Brigitte bettelten die Mutter immervord. Denn sie wollten wiessen was sie grigten. Es war sehhher spannent. Ekkehard, Brigitte und ich waren ungeduldig. Denn wir konnten es nicht aushalten bis Heiligen Abend. Blödzlich wahr es Todenstil es hatte (dazwischen eine gemalte Glocke) Geläutet. Danach gingen wir ins Zimmer. Zuerst hörten wir die Weihnachtsgeschichte. Wie sie vertig war flöteten wir. Nun ging's los. Mutti ich habe einen Kaufladen! rief Ekkehart laut. Da ist ja der Eisenbahnwagen! rief ich. O! jemine wie viehl habe ich noch! rief ich. Mutti, schau mein Puppenwagen! sprach Brigitte frohgelaunt. So! jetzt gehen wir in die Kirche. sagte Mutti.

4.2 4. In der Konserfenfabrik (14.10.64)

Zuerst wurden die Rüben in Kisten geschaufelt. Die großen Rüben kamen in eine Kiste und die kleinen kamen auch in eine Kiste für sich. Darauf wurden sie in große Fässer geladen und darinnen gedämpft. Die Fässer wurden vom Keller aus geheizt. Die Rüben wurden halbweich gedämpft. Danach wurden sie von einer Maschine grob geschält. Anschließend holten Frauen sie in einen Raum, wo sie sauber geschabt und geschält wurden. Die Frauen warfen die geschälten Rüben in einen Bottich. Wenn der Bottich voll war, wurden sie in eine Wanne geschüttet. Nun schleppten zwei Frauen einen Apparat herbei und stellten ihn in die Wanne. Der obere Teil des Apparates hatte die Form eines Trichters. In den Apparat wurden mit einer Art Mistgabel die Rüben geschüttet. Der Apparat war eine Schneidmaschine. Unten befand sich eine Rutschbahn. Die in dem Apparat geschnittenen Rüben kamen über die Rutschbahn in einen Korb. Die Frauen trugen den Korb auf einen anderen Tisch. Die geschnippelten Rüben wurden nun in Dosen gefüllt. Eine Frau spritzte Salzwasser in die Dosen. Jetzt liefen sie durch eine Maschine, wo ihnen der Deckel daraufgedrückt wurde. Von der Maschine aus kamen sie in ein Drahtgestell. Im Drahtgestell wurden sie in ein Faß gefahren. In dem Faß wurden sie sterilisiert. Anschließend kamen sie in den Keller. Dort wurden ihnen Plakate aufgeklept. Darauf wurden sie in große Kisten geladen und verschickt.

In der vierten Klasse

4.2.1 Im Hallenbad mit Emil 4.11.64

Jeden Mittwoch fahren wir ins Hallenbad. Dort kleiden wir uns aus. Nun waschen und duschen wir uns. Hei, wie das rieselt und prasselt auf unsrer Haut! Jetzt dürfen wir in die Schwimmhalle. Wie hell sie ist! Es hallen unsere Stimmen. Der Wasserspiegel ist ruhig und schimmert gründlich, bloß manchmal ist ein leises Glucksen zu vernehmen. Jetzt ruft uns der Bademeister. Wir laufen schnell zu ihm. Zu den Schwimmern sagt er: „Die Schwimmer duschen sich und gehen ins große Becken." Danach duschen sich die Nichtschwimmer (Dazu gehöre auch ich). Erst probire ich die Arm- und dann die Beinbewegung. Patsch, falle ich um! Das Wasser plätschert mir um die Ohren und quillt in meine Nase. Jetzt tauche ich auf und wir spritzen uns gegenseitig voll. Nun machen wir ein Wetttauchen. Emil wird gewinnen. Ja! Emil kann es am längsten aushalten. Wir gehen aus dem Becken und hüpfen zur gleichen Zeit hinein. Nun ertönt der schrille Pfiff des Bademeisters. Schade! Denn nun geht's heim.

4.2.2 Neuschneee 16.12.64

Kaum waren wir in der Schule, brachen die dicken Wolken auf. Zuerst rieselte der Schnee, plötzlich fing ein Schneetreiben an. Wir konnten gar nicht mehr ruhig sitzen. Das Fräulein schimpfte und schimpfte, aber umsonst. Wir konnten die Pause nicht mehr abwarten. Endlich gongte es. Wir zogen schnell die Mäntel an. Mit Hei und Ho ging es jetzt die Treppen hinunter. Draußen sah es weihnachtlich aus. Mitten im Schnee war ein Tannenbaum. Schön sah es jetzt aus. Nun bauten wir Hutscheln. Und obwohl es sogar verboten war, warfen wir mit Schneebällen. Plötzlich, mitten im herrlichen Treiben, gongte es wieder zur Beendigung der Pause. Wir mußten mit Schuhen stampfen, damit der Schnee abfiel. Als ich später von der Schule heimkam, mußte ich mir die Schuhe ausziehen. Nach dem Mittagessen stapfte ich mit meinem Vater fort. Er hatte Spielstunde. Meines Vaters Klasse und ich durften Schlitten fahren. Zwei Kinder fuhren meinen Vater an, sodaß er hinfiel. Mein Vater sagte: Einmal wird die Bahn und ein andermal die Bahn benutzt. Ein großer Junge aber folgte nicht. Mein Vater sprach: Du gehst auf die andere Bahn. Verstanden! Der Junge sagte: Nein! Da lief Vater wütend auf den Jungen zu und wollte ihm eine Ohrfeige versetzen. Schnell lief der Junge weg. Nun gingen auch wir heim.

4.2.3 Der Beinbruch 1965

Im Winter fuhr ich mit Onkel Klaus und Tante Rosel in die Rhön zum Skifahren. Es ging zur „Schwedenschanze". Skifahren hatte ich bei den Naturfreunden gelernt. Wir konnten mit dem Bus zum Arnsberg fahren und dort kindgemäß trainieren.

Mit Onkel Klaus und seinem DKW ging's zur Schwedenschanz. Es gab einen Lift und eine interessante Abfahrt mit vielen Kurven. Ich fuhr flott. Irgendwann meinte Onkel Klaus: „Jetzt kommt die letzte Abfahrt!"

Ich genoss es und kannte die Windungen. Ich spürte, wo es steiler wurde und wo es flacher war. Meine Skier glitten wunderbar und schnell den Berg hinunter.

Allmählich näherte ich mich dem Ende. Jetzt wurde es flacher und ich wurde langsamer. Plötzlich drehte es mich und Zack! lag ich im Schnee. Ui, ganz schön brutal. Mein rechter Ski steckte im Schnee und mein linker war mitsamt dem Schuh weggflogen. Onkel Klaus machte einen Stemmbogen und hielt. „Ist mein Bein gebrochen?" Ich hatte Angst, doch „Gott sei Dank" war nichts passiert: „Alles okay, Volker?" „Alles okay!" So stemmte ich mich hoch und fuhr weiter. Dann glitt ich auf die Talebene zu: Da vorne ist der kleine, verschneite Bach. Jetzt muss ich zum Halten kommen.

Da haute es mich wieder hin. „Aua!!!" Diesmal durchzuckte mich ein brutaler Schmerz. Onkel Klaus war gleich zur Stelle: „Alles okay, Volker?" „Nein, es tut weh…"

Ich versuchte aufzustehen, aber es schmerzte höllisch. Schon stoppten andere erfahrene Skifahrer. „Das sieht übel aus!" hieß es und man versuchte, mich zu Onkel Klaus Auto zu transportieren. Ein Mann nahm mich auf die Schulter und Onkel Klaus packte die Skier. Vorsichtig wurde ich auf den Sitz positioniert. Die Skier wurden eingeladen und man wünschte mir alles Gute.

Tante Rosel war ganz aufgeregt, natürlich. Dann gab es nur ein Ziel: das katholische Krankenhaus St. Joseph in Schweinfurt. Kurze Untersuchung: Komplizierter Spiralbruch. Das Bein wurde eingegipst und ich kam in ein Zimmer mit sieben anderen Jungs, die mich überschwänglich begrüßten.

Wie Onkel Klaus es meinen Eltern beibrachte, weiß ich nicht. Aber Vati erschien natürlich gleich. Mutti war wieder einmal kränklich. Natürlich. Aber mir ging es gut, weil ich ja mit vielen Kindern zusammen war. Ich blieb einige Wochen dort.

Abends sangen die Stationsschwestern etwas Frommes. Das gefiel mir auch.

Ich bekam Lesestoff, von Engels aus ihrer Hör-Zu-TV-Zeitschrift – jenseits unserer Mechwartstraßenwelt: Karl-May[7]-Bildergeschichten; als Bücher Klaus Störtebecker und Tom Sawyer). Wenn neuer Besuch kam, durfte er auf meinen Gips schreiben. Das war schon schick.

So stellte ich es seinerzeit im Schulheft dar:

Es war im Jahre 1965 (geschrieben in der 4. Klasse, also 65!), ich weiß es noch ganz genau, es war so um den 7. Februar herum. Mit meiner Tante und mit meinem Onkel war ich in die Rön gefahren. Wir stiegen mit den Skiern 850m auf den Berg hinauf. Dann kam eine schöne Abfahrt. Hui!, sausten wir den Berg hinab. Jetzt stiegen wir wieder 150m hinauf. Als ich dann 50m hinabgefahren war, steckte plötzlich mein Ski im Schnee und mein anderer flog samt dem Schuh weg. Ich hatte Angst das Bein gebrochen zu haben, doch „Gott sei Dank" war nichts passiert. Doch als ich wieder hinunter fuhr, sah ich kurz vor mir einen Bach. Ich wollte eine Kurve fahren, überschlug mich jedoch und brach mir das linke Bein. Ein Mann, der in der Nähe war, trug mich hilfsbereit zum Auto meines Onkels. Dieser fuhr mich in das „Sankt-Josefs-Krankenhaus".

Als wir dort angekommen waren, fragt er nach dem Röntgensaal. Eine Schwester legte mich auf ein Fahrbett und wir fuhren in einem Aufzug (Fahrstuhl) in den 1.Stock. Dort war der Röntgensaal. Als ich geröntgt wurde, sah ich viele Geräte. Das Röntgen tat nicht weh, wie ich befürchtet hatte.

Als ich fertig war, kam ich wieder zu meinem Vetteronkel u zu meiner Vettertante. Sie fragten mich, ob ich hier oder dahamm bleiben wollte. Ich wollte heim, doch der Arzt sagte, ich sollte lieber im Krankenhaus blieben, damit ich geröntgt werden kann (kann in deutscher Schrift!).

b) Da lag ich nun! Nachts konnte ich nur 1 Stunde schlafen. Am Tage las oder malte ich. Von 1-3 war Besuchszeit. Da kam mein Vater. Er sagte mir das Mutter erst am Mittwoch kommen könnte weil sie

---

[7] Vati kannte Karl May und lieh für mich aus der Bücherei „der Schut". Später sammelte ich Bilder aus Karl-May-Filmen, (Winnetou, der Schut), wobei mich die attraktive Frau im goldenen Käfig des mächtigen Unholdes faszinierte.

noch nicht gesunnt war. Um 3 Uhr läutete es. Dann kam eine Cefvisitte (Der Cef macht einen Rundgang bei seinen Pantienden). Um ½ 5 - 5 Uhr fing die Besuchszeit für die Arbeiter an und um 6 hörte sie auf. Um 7 Uhr - 7 ½ Uhr gab es wieder Getränke. Dann fing der Nachtgesang an und wir schliefen ein. Am Morgen wurden (wir) schon um 4 Uhr geweckt und mußten uns waschen. Danach mußten wir noch 2 Stunden schlafen. Jetzt mußten wir den Gottesdienst anhören und danach gab es Kaffee. Jetzt wurden die Betten gemacht und zurückgeschlagen. Wir hoben jetzt 100 mal das verletzte Bein hoch. Dannach wurden die Hausaufgaben gemacht. Dann durften wir spielen, lesen und malen. Und dann fängt die Geschichte wider an; bei dem Zeichen b).

Volker Schoßwald

„Volker, du darfst heim!" lächelte der Arzt bei der Visite.

Ich schaute ungläubig: „Aber ich hab doch den Gips am Bein."

Er lachte: „Stimmt. Den machen wir natürlich ab. Und dann bekommst du einen wunderbaren Gehgips."

„Einen Gehgips? Kann ich damit gehen?"

„Ein bisschen…" schwächte der Arzt ab, „aber es reicht, um nach Hause zu kommen."

Das fand ich toll, bedauerte aber, dass ich nun meine neuen Freunde verlassen musste. Vorher allerdings kam ich noch ins Arztzimmer. Da stand dann der Arzt mit einer Säge.

Ich schrie auf: „Nein! Ich will mein Bein behalten! Ich will nicht, dass es abgesägt wird!" Ich hatte echte Angst. Der Arzt blickte genervt auf den kleinen Feigling: „Volki! Stell dich nicht so an. Ich muss doch den Gips abmachen."

„Aber wenn Sie dabei das Bein absägen."

Mit einem solchen hysterischen Patienten braucht man viel Geduld und Zeit. Die hatte der Arzt natürlich nicht und sägte den Gips längs auf. Pflichtschuldigst jaulte ich hin und wieder.

„Hör auf! Jungen kennen keinen Schmerz!"

Obwohl er nicht Recht hatte, hörte ich auf. Dann sah ich mein Bein und erschrak: „Das ist ja tot!"

„Nein. Pass mal auf: Die Haut hat jetzt wochenlang kein Licht bekommen. Da hat sie Farbe verloren. Wir nennen das Hautkäse. Der wird jetzt abgewaschen, damit wir den Gehgips draufmachen können. – und jetzt halte dein Bein ganz ruhig. Es ist noch nicht fest zusammengewachsen."

Sie hievten mich in eine Badewanne, eine Schwester wusch das Bein sauber. Dann kam ich zurück auf die Liege und der Arzt wickelte eine kühle, weiße Masse um das Bein. Das war also der Gehgips. Während jedoch vorher mein Gips vom Fuß bis zum Oberschenkel ging, war jetzt nur noch der Unterschenkel eingegipst. Irgendwie war ich sogar stolz: „Jetzt habe ich einen Gehgips." Natürlich durfte ich einen Teil des alten Gipses behalten, denn der war ja signiert.

Zuhause lebte ich dann im Wohnzimmer auf dem Sofa, bis der Gehgips auch noch abkam. Das Ganze dauerte immerhin sieben Wochen. Heute geht es schneller.

4.3 Mein liebstes Spiel: Indianer 20.1.65

Am Heiligabend bekam ich ein Indianerhemd, eine Kette, Trommel und ein blutiges Messer. Sofort zog ich das Hemd an, hängte mir die Kette um, befestigte die Trommel und steckte das Messer in den Gürtel. So blieb ich den ganzen Abend. Ich las mein Indianerbuch. Am anderen Morgen spielte ich gleich Indianer. Ich war der Häuptling der Apachen. Mein einer Freund war Old-Schatterhand, mein anderer Pürowaia und der kleinste Freund Adlerauge. Mein Bruder hieß lachender Fuchs, meine Schwester Notschi und ich Winnetou. An unserem Marderpahl war der gefangene Tanguar, der Häuptling der Siox. Wir warfen mit Messern aus Gummi nach ihm. Eine Woche danach trommelten wir zum Krieg. Ein Ehepaar vom Volksblatt photgrophirte uns. Unsre Fahne zeigte den graubeschen Pfeil und Bogen im grünen Feld. Im Kampf flog ich einen Abhang hinunter auf einen spitzen Stein. Kurz darauf schleuterte mir jemand einen Stein an die Schläfe und ich kam ins Krankenhaus.

4.4 Wie ich mich einmal gefreut habe (Schulheft 9.9.65)

Es war an Weihnachten. Wir öffneten die Zimmertüre und traten feierlich ins Zimmer. Ich wollte sofort zu meinem Tisch, wurde aber zurückgehalten und mußte singen und der Heiligen Schrift zuhören. Dann lief ich schnell zu meinem Tisch. Meine Freude war groß: Vor mir lag ein richtiges Indianerkriegshemd! Ich zog es sofort an und spielte Winnetou. Ich nannte meinen Vater Intschutschuna und meine Schwester Nscho-tschi. Am liebsten hätte ich im Kriegshemd geschlafen.

4.5 Allein und ohne Schlüssel im Regen 4.5.65

Es war am Freitag vor Gründonnerstag 65. Ich fuhr zu meinem Vetter. Einen Tag darauf fuhr ich wieder heim. Kaum war ich in Schweinfurt aus dem Bus gestiegen, fing es an zu tröpfeln. Es dauerte nicht lange, so schüttete es aus allen Kübeln. Daheim klingelte ich Sturm. Niemand machte auf. Nirgends zeigte sich ein Licht. So flüchtete ich ins Hüttchen. Da war ich zwar vor Sturm und Regen geschützt, aber fror jämmerlich. Es platschte der Regen auf das Dach und ich meinte jeden Augenblick, es stürze das Dach ein. Der Regen prasselte gegen die Scheiben und der Sturm heulte. Endlich wurde es weniger. Ich dachte, ich könnte schon aus dem Gefängnis heraus. Das tat ich auch. Ich war etwa fünf m gegangen, so goß es, daß man meinte, alle Türen des Himmels stünden offen. Endlich erreichte ich die Hütte wieder. Nun zitterte ich vor Angst und Kälte. Aber bald hörte der Regen auf. Nun kam auch die Familie. Meine Mutter kochte mir warmen Tee und machte mir ein Brot.

4.6 Die Endegung meines Liblingsbuches

(in Süterlin geschrieben!)

Meine Mutter kaufte einmal ein Buch um es auf Lager zu haben, wenn sie vorher fergessen hatte, ein Gescheng zu kaufen. Als ich es sah, fragte ich sie, ob ich das Buch lesen dürfte. Sie sagte Ja. Das Buch hieß „Jörg Freimut" und war von „Otto Kindler" geschrieben. Die Spannung dieses Buches lies mich nicht mehr los biß ich das Buch zu ende gelesen hatte.

5 Eine Biographie in Öfen?

Wenn ich an die Öfen meiner Kindheit denke, entwickelt sich daraus fast so eine Art Sozialgeschichte.

Es begann alles mit Holz und Brikett. Im Wohnzimmer hatten wir einen grünen Ofen aus Gusseisen. Da schürte Vati früh an, mit Spänen, Holz und Brikett, der billigen Variante von Kohle. Brikett und Kohle wurden mit einem Wagen geliefert, mit einem Schubkarren bis zum Keller gekarrt und dann durch das Kellerfenster über ein Brett hinunter geschüttet. Dafür war eine Art Raum im Keller abgetrennt – des Staubes wegen. Im Keller waren dann auch kühl, trocken und dunkel (damit sie nicht treiben) die Kartoffeln gelagert, ebenso wie Holz. Dazu gab es einen Holzklotz, auf dem Vati regelmäßig Holz zum Schüren spaltete. Das klang durchs ganze Haus. Später musste ich das auch machen.

Als ich klein war, schickte mich mein Vater zum Holz holen in den Keller. „Vati, ich habe Angst." „Volki, du kennst doch den Keller." „Aber das schaffe ich nicht." „Jetzt gehst du einfach. Neben dem Holzstoß ist ein Körbchen. Da kannst du das Holz reinschichten und bringen." Ich Angst, weil es eigentlich dunkle war. Das Licht kam über eine Baulampe, die im Erdgeschoss angesteckt war und unten aufgehängt wurde… Ich musste aufpassen, dass ich mir keine Spreißel in die Finger stach. Das Holz wurde dann oben neben den Ofen gestellt. Mit den Spänen und Zeitung wurde das Feuer entfacht. Inzwischen hatte Mutti gesagt: „Helmut, bring die Asche raus…" Unter am Herd war ein Schuber, in den die Asche fallen konnte und die wurde dann auch noch nachgekehrt, so dass keine mehr im Ofen war. Dann entsorgte Vati sie in der Mülltonne. Die stand genau in der Ecke des Weges – wir hatten ja das Eckhaus. Später bauten wir eine Garage und da eine Nische für die Tonne, aber eine kleine (Windeln brauchten wir ja nicht mehr) mit einer Metalltür. Im Winter hoben wir die Asche auf, weil wir sie bei Schnee streuten, damit niemand ausrutschte. Damals wurde weder Salz noch Sand verwendet. Später kamen Sandkisten in die Straße, aus denen konnten wir uns bedienen. Das war für die Schuhsohlen sauberer.

In der Küche hatten wir einen Herd für Holz und Kohle. Der war ziemlich groß und hatte auf seiner eiserenen Oberfläche mehrere Löcher mit Ringen, die man nach Belieben herausnehmen konnte, um mehr Hitze an die Töpfe zu bekommen. Der Herd diente zugleich zum Heizen. Heißes Wasser stand immer darauf. Die oberan Zimmer wurden durch die Öfen im Erdgeschoss und die verbindenden Kamine mitgewärmt. Kohle war „Eierkohle", die relativ teuer war, sich aber immer mehr bei uns durchsetzte: Weniger Asche und mehr Wärme.

Später wurde der grüne Ofen durch einen schwarzen ersetzt. Der war etwas größer und hatte einen guten Schub für die Asche, die man regelmäßig ausleeren musste. Natürlich kam auch ein Schornsteinfeger, der sich wirklich schwarz machte mit dem Ruß und aufs Dach stieg, um den Kamin zu reinigen.

Im Bad gab es irgendwann einen Durchlauferhitzer von Vaillant, während wir vorher das Badewasser auf dem Herd warm machten.

Fließendes Wasser hatten wir von Anfang an. Im Klo kam erst ein kleiner Brennstab, damit das Wasser in der Spülung nicht einfror, später kam an die Decke ein großer Brennstab, der sollte das Bad zum Baden warm machen. Es sah gefährlich aus, wenn sich der glühende Stab im glänzenden Metall dahinter spiegelte. Den Stab machte man mit einer Schnur an.

Dann kam der Schub in die Moderne: Die Holz- und Kohleöfen wurden ausrangiert, wohin auch immer. Inzwischen hatte Vati mit Hilfe der Großfamilie eine Garage gebaut – wir hatten ja das Eckhaus. Während die Garage als solches an einen Autobesitzer vermietet wurde, war im hinteren Teil eine herrliche Werkstatt mit Werkbank, Ambos, Schraubstock etc. sowie Platz für die Fahrräder. Dahinein kam nun ein Einbau, in dem dann ein Öltank stand – und stank, denn der Ölgeruch war schon sehr intensiv; dagegen half nicht mal, dass Mutti, um Vati zu schonen, sich ihre Knoblauch-Butter-Brote in der Werkstatt schmierte.

Mit einer Handpumpe ließ sich in eine Messingkanne Öl pumpen. Dazu passend wurde das ganze Haus (Bad und Dachgeschoss ausgenommen) mit Ölöfen ausstaffiert. Das galt auch für das Elternschlafzimmer im ersten Stock (damals wurden auch die beliebten Nachttöpfe ausrangiert und Vati ersetzte seine Nachthemden durch Pyjamas, also total aktuell. Ein Nachttopf war aber gerade mit Kindern sehr hilfreich, wenn sie krank im Bett lagen.

Beim Befüllen der Ölöfen wurde allmählich auch ich eingesetzt – man musste ja jedes Mal in die Werkstatt hinüber. Mit kleinen Anzündeblättchen ließ sich dann das Öl entzünden.

Die Ölöfen waren ein nicht zu toppender Luxus. Es gab keine Asche, Öl war nicht dreckig, jeder Raum konnte geheizt werden.

Den nächsten Schritt habe ich gar nicht so gut in Erinnerung, obwohl er sehr nachhaltig war. Zumindest im Kinderzimmer wurde eine Gasheizung angebracht, deren Abgase direkt nach außen gingen. In der Küche war bereits seit langem auf Gas umgestellt worden und der Durchlauferhitzer im Bad funktionierte auch mit Gas. Das war praktisch. Es war dauernd zur Verfügung. Man musste nicht hinauslaufen, um es zu pumpen. Es roch nicht.

Ich habe lange auf Gasherden gekocht und finde sie immer noch das Optimum. Man kann sie stufenlos regeln, sie funktionieren direkt, brauchen nichts zum Warmwerden oder abkühlen. Gerade beim Kochen von Milch (Reis, Gries) unglaublich gut. Außerdem gehen sie direkt an Töpfe und Pfannen, anders als bei allen E-Herden, wo die Gerätschaften extrem plan sein müssen. Zugegeben: Gas kann auch gefährlich sein (Explosion, entströmen). Vor unserem Gasbackofen hatte ich jedoch Angst: Wir entzündeten zunächst alles mit Streichhölzern, später mit Metallanzündern. Beim Backofen musste erst ein bisschen Gas ausströmen und dann wurden alle kleinen Flammen gleichzeitig angezündet. Das durfte nicht zu früh passieren, sonst gelang es nicht, aber zu spät hätte eine Stichflamme bedeutet. Am Herd selbst waren Bi-Metalle eingebaut: Wir mussten den Knopf für das Gas drücken, dann die Flammen entzünden, dann den Knopf gedrückt halten, bis das Bimetall heiß war, dann erst konnten wir den Knopf loslassen. Sinn der Sache war, dass Gas nicht entströmte, ohne dass es brannte (Vergiftung!).

5.1 Ofenexperimente: Brot und Batterien

Auf den Öfen ließ sich experimentieren. Klar darfst du nicht drauflangen. Aber wenn du ein bisschen Wasser auf die Oberfläche gießt, spritzten kleine Kügelchen durch die Gegend. Sie tanzten auf der heißen Oberfläche. Leidenfrostsches Phänomen? Manchmal legten wir auch Brotscheiben darauf: Geröstetes Brot.

Als Kind bekam ich einmal von meinem Vater eine Taschenlampe geschenkt. Das war damals etwas Besonderes. Geheimnisvoll war das Funktionieren der Batterien. Leider entleerten sie sich auch geheimnisvoll. Damals also, als es die technische Revolution „Batterien" etwa für Taschenlampen im Haus gab und die Batterien leer waren, entdeckte ich, dass man sie auf den Ofen – aber nur auf der Seite – stellen konnte und sie luden sich wieder auf. Wie gefährlich das war (Explosion) wusste ich zum Glück nicht.

Die Schornsteinfeger stiegen durch unsere Dachluke aufs Dach und reinigten die Kamine von oben mit einer Eisenbürstenkugel, die an einer Kette hinabgelassen wurde.

Fasching mit Schornsteinfeger

6 Die Mechwartstraße in Schweinfurt

Mit Kaatschens Kindermädchen, rechts Peter / bei uns im Sandkasten mit Rhabarberblättern, rechts Ekkehart

6.1 Spiele in der Straße

Bei uns fand viel Leben auf der Straße statt. Dank des noch nicht ausgeprägten Autoverkehrs und des leicht zu berechnenden Berufs-Bus-Verkehrs kein Problem. Wir spielten natürlich „Wer hat Angst vor schwarzen Mann" (und zu meiner Freude spielt Martin das 2005 auch im Hort.) Dazu natürlich Verstecken (an der alten Straßenlampe war Anschlag); und Zigarettenfanggang (man musste einen Zigarettennamen rufen und durfte nicht geschlagen werden; allerdings musste einen dann einer auch wieder freischlagen); Und Völkerball: mit Steinen kratzten wir Markierungen auf die Straße.

Mit einem Freund besorgte ich mir, als wir etwa sechs Jahre alt waren aus dem Zigarettenautomaten eine Packung Zigaretten (1 Mark). Wir rauchten heimlich hinter den Büschen…

6.1 Bei Klärchen

Die übernächste Partei war Familie Kaatsch.

Lenchen Kaatsch, Pfarrerstochter aus Oberndorf war eine sehr nette Mutter und konnte tolle Kindergeburtstage arrangieren, zum Beispiel mit Mehlschneiden, wo man mit dem Mund dann einen Ring aus dem Mehl fischen musste. Dabei wurde das Gesicht weiß von Mehl und alle mussten lachen. Anschließend gab es Topfschlagen, wo jemand mit verbundenen Augen in einem Kreis mit einem Kochlöffel nach einem Topf schlagen musste, in dem sich eine Süßigkeit befand. Die durfte er bei Erfolg verspeisen. Es gab aber auch „Blinde-Kuh", wo man mit verbundenen Augen die anderen haschen musste, oder „Der Fuchs geht rum", wo man heimlich hinter einem im Kreis ein Tuch werfen musste. Für ein Wohnzimmer waren das herausfordernde Spiele.

Ruthchen (Ruth-Maria) war ein Jahr jünger als ich und das war für mich eine Herausforderung, da ich sie bereits mit fünf Jahren heiraten wollte. Das gelang auch, da Hans-Jürgen, ihr Bruder uns traute. Später nahm ich bei dem Mitglied des Windsbacher Knabenchores Nachhilfe in Latein.

Eines Abends rannte ich nach dem Essen noch um die Ecke zu Kaatschens, klingelte, witschte an Herrn Kaatsch vorbei Richtung Küche zu meiner Braut und gab ihr einen Gutenachtkuss.

Daneben wohnten Christl und Peter – ich nahm natürlich als Nachbarn vorrangig die Kinder wahr. Mit Peter spielte ich sehr viel, vor allem im Sandkasten, oder Fußball, oder Cowboy und Indianer. Christl kam erst in meinen Blick, als wir Jugendliche wurden und sie in meiner Clique „Kindergottesdiensthelfer" war. Ich fand sie ziemlich attraktiv, aber das durfte sie natürlich nicht merken.

Bei Richard, der ein paar Eingänge weiter wohnte, ging ich ein und aus. Es waren drei Generationen unter einem Dach, was immer auch zu Spannungen führte. Sein Vater hatte einen Taubenschlag. Seine älteren Schwestern Marianne und Rosemarie hielten sich an GIs und waren musikalisch auf dem Laufenden. „Da sprach der alte Häuptling der Indianer", „Wihinetou", „Ich will nen Cowboy als Mann", „Taxi nach Texas" waren Lieder, die ich mit ihnen verbinde.

Schneemänner Volki mit Klärchen unter der Wäsche

Wir Kinder versammeln uns beim Scherenschleifer. Das Auto gehört Herrn Kaatsch und ist das einzige weit und breit. Hinten ist der „Kugelfischer", wo auch Onkel Alfred Ruß arbeitete.

Richard (von den GIs oft „Ritschi" genannt, worauf er stolz war und worum wir ihn beneideten) und ich waren ein bisschen

abenteuerlustig. Wir dachten: Wenn eine seiner Schwestern mit einem jungen Mann ausgeht, könnte es gefährlich werden. So bewaffneten wir uns (ich hatte eine kleine Beilzange aus Vatis Werkstatt genommen) und schlichen (indianermäßig mit nacktem Oberkörper) ihnen nach. Leider wurde unser heldenhaftes Eingreifen nicht nötig, so dass wir am Ende der Straße doch wieder umkehrten.

Ganz am Ende wohnte Uli. Anfangs waren es sogar vier Generationen: Seine Oma und Uroma wohnten im Erdgeschoss. Mit ihm spielte ich oft Lego.

7 Der Gymnasiast 1965

Obwohl ich ins Celtis-Gymnasium mit dem Bus fahren konnte, nahm ich die oft die Herausforderung an, den Weg zu laufen. Die zweieinhalb Kilometer konnte ich in einer halben Stunde schaffen. Dazu ging ich die Bahnhofstraße entlang und später am Arbeitsamt vorbei durch die Luitpoldstraße. Dort gab es, wie ich erst später realisierte, einen Puff, den ich passierte. Ab Frühjahr bis spät in den Herbst trug ich kurze Hosen. Und von den Damen, die vor dem Haus herumstanden, wurde ich regelmäßig geneckt…

7.1 Wie ich mich einmal verletzt habe (3.11.65)

Wir spielten Zirkus. Mein Bruder war Clown und ich Akrobat. Gerade war er mit seinem Spiel fertig. Die Kinder heilten sich die Bäuche vor Lachen. Da kam ich auf meinem Rad angefahren. Die Kleinen staunten. Schnell stellte ich mich auf den Gepäckständer, mit den Händen jedoch hielt ich mich am Lenker fest. Da – plötzlich rutschte ich aus, fiel hinunter und mein Rad flitzte weiter. Da lag ich nun – mein Kopf dröhnte, das Knie blutete und auch im Mund hatte ich einen blutigen Geschmack: Torkeln stand ich auf und wankte heim. Meine Mutter tupfte die Wunde am Knie aus und klebte ein Pflaster drauf. Darauf humpelte ich in den Garten und legte mich dort auf die Liege. Meine Schwester brachte mir das Buch: ‚Ende gut, alles gut' zum Lesen.

7.2 Wie ich einmal richtig naß gworden bin (1.12.65)

Es war bei Alexandersbad im Fichtelgebirge. Die Familie Henke und wir, mein Vater, Brigitte, Ekkehart und ich, hatten uns aufgemacht, zur Luisenburg zu gehen. Es hatte am Tag vorher geregnet und daher war der Weg zur Felsenburg glitschig. Nach zwanzig Minuten waren wir oben. Da die bemoosten Felsen rutschig waren, mussten wir sehr vorsichtig hinaufklettern und achteten gar nicht auf das Wetter. Plötzlich spürte ich, wie ein Tropfen auf meine Hand fiel. Ich richtete mich auf und bemerkte, daß sich der Himmel bezogen hatte. Gleich fing es an stark zu regnen. Da war guter Rat teuer. Wir mussten uns so schnell wie möglich unterstellen. Es blieben uns nur die Felsen, denn die Häuser waren weit weg. Aber der nächste Felsen war bei dem glatten Boden schwer zu erreichen. Ich merkte, wie die Tropfen mein Haar benässten und mir dann über den Rücken liefen. Es fing zu duschen an. Der Wind brauste und töste furchterregend in den Wipfeln. Das Regenwasser schoß den Berg herab. Mir quoll das Wasser aus den Schuhen. Quatsch! Quatsch! Tönte es aus den Halbschuhen. Endlich erreichte ich den über hängenden Felsen. Meine anderen wanderlustigen Gefährten hatten sich ebenfalls dort untergestellt. Der Regen hämmerte gegen die Felswände. Es wurde Moos heruntergeschwemmt. Draußen pfitzte der Regen gegen das Granitgestein. Er prasselte so auf das Felsdach, daß ich meinte, jemand würde ununterbrochen Sand daraufschütten. Allmählich ließ der Regen nach. Kurz darauf konnten wir, wenn auch durchnässt, den Heimweg antreten. Zuhause mussten wir uns umkleiden und erquickten uns durch heißen Kakao und Brötchen.

7.3 Ein gelungener Streich

Mein Freund und ich waren beim Drachensteigen. Es war auch noch ein anderer Junge da, den wir nicht mochten. Ich hatte mein Taschenmesser dabei. Als der Drachen von dem Jungen einmal abstürtzte, schnitt ich seine Drachenschnur an. Der kam plötzlich auf den dummen Gedanken, eine Maus zu fangen, sie an den Drachenschwanz zu hängen und mit aufsteigen zu lassen. Mein Freund und ich waren ganz erschrocken, so hatten wir das nicht gemeint. Hoffentlich stürzte der Drachen nicht ab. Das Unglück geschah, der Drachen stürze ab und zerbrach, wir liefen sofort hin.

Als wir hinkamen, mußten wir hell auflachen, am Schwanz war gar keine Maus, sondern nur ein graues Stück Papier festgebunden. So waren zwei Streiche geglückt, seiner und unserer.

7.4 Als ich mich einmal sehr fürchtete

Mein Freund Uli und ich spielten Fußball. Plötzlich flog der Ball auf die Wiese. Dort spielte ein anderer Junge, den wir nicht gut leiden konnten, der nahm den Ball. Uli war schon fast unten, da ergriff der andere einen Stein und warf ihn mir entgegen. Ich sprang zur Seite, in mein Verderben, der Stein flog mir an die Schläfe. Ich schrie auf, rannte heimwärts und schrie immer: „Hilfe, ich sterbe"! In meiner Furcht vor dem Tode klingelte ich daheim. Meine Mutter machte auf. Sie beruhigte mich und kühlte mit einem feuchten Waschlappen meine Schläfe. Dann fuhren wir mit einem Taxi ins Krankenhaus. Dort wurde meine Wunde desinfiziert und ein Klammerpflaster darüber geklebt.

8 Conrad-Celtis-Gymnasium Schweinfurt

8.1 König Bhumibol und Königin Sirikit 1966

1966 waren **König Bhumibol und Königin Sirikit von Thailand zu Besuch bei Bundespräsident Lübke in Bad Kissingen. 1966 besuchte das thailändische Königspaar Bhumibol und Sirikit Schloss Aschach.**[8]

Wir hatten damals noch kein Auto. Vati hatte in der Zeitung gelesen, dass der König Bhumibol in die Nähe käme. Bhumibol war etwa in seinem Alter. Und er war ein König. Das gab es ja bei uns bereits nicht mehr.

Vati machte sich mit der Familie auf, per Bahn nach Bad Kissingen. Wie wir nach Aschach kamen, weiß ich nicht mehr. Vielleicht mit der Postkutsche. Die fuhr nämlich damals. Aber sicher bin ich mir nicht. Sicher bin ich mir, dass ich das Königspaar nicht persönlich sah, mein Vater wohl. Aber die Aktion als solche prägt sich mir ein und dafür bin ich Vati dankbar.

Man darf nicht unterschätzen, was sich mit öffentlichen Verkehrsmitteln nicht nur machen ließ, sondern auch gemacht wurde. Es kostete einige Zeit – Bahn, Bus etc mussten kombiniert werden

---

[8] Der König starb 2016. Sein Sohn, ein ziemliches Arschloch, wohnt in Bayern.

und nicht immer konnte man sich über die Anschlüsse informieren. Aber der Nahverkehr war sehr gut organisiert – das wurde erst durch die PKWs zerstört. Heute haben viele an den Öffentlichen Verkehr einen Anspruch, der durch individuelle Verkehrsmittel abgedeckt werden könnte, aber eben nicht durch Öffentliche.

Seilhüpfen im Fasching mit Vogelhäuschen im Vorgarten

8.2   1966/67 sechste Klasse

Mein Lehrer Gußregen beschwerte sich bei meinem Vater, ich würde mich über ihn lustig machen. Denn ich hatte ihn mit „Herr Professor" angeredet. Aber ich hatte es höflich gemeint...

Meine Klassenlehrerin Frau Giller, die übrigens blond war und mitunter ein blaues Kleid (oder Kostüm) trug (und mich ein wenig an Doris Day erinnerte) fand ich geil. Heute darf ich das zugeben.

8.3   Judo 1966

Ich weiß nicht mehr, wann, aber irgendwann machte ich bei der TG Schweinfurt Judo. Ich brachte es nur bis zum weißen Gürtel. Ekkehart war auch dabei. Einmal wurden wir beide Vize-Stadtmeister, nur dass ich lediglich zwei, er aber sechs Gegner hatte...[9]

Der Meditationskreis am Anfang war beeindruckend.

Einmal lief ich durch die Spitalstraße, als mir plötzlich ein Mann gegenübertrag und mich zu Boden warf. Ich war verdutzt und völlig

---

[9] 08.04.2005 Seit Januar ist Martin auch Judoka. Seinen Anzug habe ich besorgt und Mutti trägt die Vereinskosten.

neben der Kappe. Dann lachte er mich an und sagte: „Volker, man muss immer parat sein!" Ich erkannte ihn wieder. Es war mein Judolehrer. Ich hatte nicht schnell genug reagiert. Das merkte ich mir. Aber ob ich jetzt schneller reagieren würde?

Als ich mit den Eltern in der Rhön war, wollte ich an einem mit sanftem Gras bewachsenen Hang demonstrieren, wie gut ich als Judoka die Fallübungen beherrschte. Ich schwang mich also über meinen rechten Arm und stoppte mit dem linken ab. Danach aber schrei ich so, dass meine Eltern mich zum Arzt brachten. Ich hatte mir den linken Arm gebrochen… O, was für ein toller Judoka!

Judoabteilung TG 48 Schweinfurt

9 Die siebten Klassen 1967/68

9.1 67: Brandmatt (Schwarzwald) CVJM

Zum zweiten Mal durfte ich mit dem CVJM wegfahren. Diesmal ging es in den Schwarzwald, nach Brandmatt. Ein Haus auf dem Berg, teilweise im Wald. Biographisch wichtig wurde, dass ich: dort zu meinem Konfirmationsspruch fand.

Außerdem: beim Bogenschießen lag ich vorne und wurde von vielen angefeuert. Diese Erfahrung war mir als sportlicher Niete neu, wiederholte sich aber, als ich in der 7.Klasse bei den Bundesjugendspielen den 1000m-Lauf bestritt und dort angefeuert wurde, weil ich durchhielt. Trotzdem belegte ich statt des 6. nur den 7. Platz; leider halfen mir die Anfeuerungen nicht, weil ich unter dem Druck nicht mehr mitkam...

9.2 Kaugummikuchen 1968

In Englisch hatte ich Frau Steichele. Peinlich blieb mir: Bei einem Wandertag erzählte ich ihr von einem Kaugummikuchen, den ich backen könnte und ganz toll fand. Sie machte mir irgendwie klar, dass sie es mir nicht glauben könne. Aber ich blieb dabei. Ich hatte mich verrannt und kam nichtmehr raus. Blöd...

Meine Eltern merkten, dass sie etwas für ihre Ehe tun mussten und so machten sie gemeinsam einen Malkurs bei der Volkshochschule mit und gingen Tanzen. Muttis Kleid mit schillerndem Blau und Grün begeisterte den Künstler in mir.

9.2.1 Frl. Rothe und die Gymnasialfähigkeit

Damals wurden unverheiratete Frauen grundsätzlich Fräulein genannt. Frau Rothe war die Mutter, ihre Tochter Gymnasiallehrerin am Celtis und alle Rothes waren Nachbarn. In der siebten Klasse hatte ich Frl. Rothe als Lehrerin und eines Tages sprach sie Vati auf der Straße an und erklärte ihm im Gespräch, dass das Gymnasium vielleicht doch nicht die beste Schule für mich sei. Das traf ihr und traf mich. Wir diskutierten dann auch darüber. Er dachte sich: „Na, ich gebe dem Jungen doch noch eine Chance..." Er wusste ja: Entscheidung ist Entscheidung. Und eine andere Schulart wäre vielleicht leichter. Aber würde ich das Lernverhalten, das ich am Gymnasium nicht hatte, an der Realschule an den Tag legen? Da zweifelte er genauso wie ich später bei Martin. Und nach einer Entscheidung kann man nicht mehr ausprobieren, ob der andere Weg der bessere oder der schlechtere gewesen sei.

Ich kämpfte weiter, mit wechselndem Erfolg. Aber als ich das Abi hatte, das Examen und dann den Doktortitel, hätten wir es gerne dem Frl. Rothe (inzwischen mit einem Lehrer verheiratet) unter die Nase gerieben. Trotzdem: Vielleicht hatte sie irgendwie Recht, denn eine lange Spanne meines Schülerlebens zwischen sechster und neunter Klasse war ein deprimierender Kampf.

9.3 Die Deutschschulaufgabe und das Fieber

Deutschschulaufgaben wurden grundsätzlich nur am Montag geschrieben, dafür keine anderen. Denn für die anderen musste man lernen, für Deutsch nicht und der Sonntag sollte ja geheiligt werden. Das habe ich bis heute so gehalten…

Eines Tages in der siebten Klasse wachte ich früh auf und fühlte mich seltsam. Mutti langte mir an den Kopf: „Du hast ja Fieber! Du musst heute zuhause bleiben!" „Aber ich habe Deutschschulaufgabe. Ich muss in die Schule." „Ich schreibe dir eine Entschuldigung." „Nein, ich muss in die Schule."

Ich setzte mich durch und musste die Schulaufgabe natürlich mitschreiben. Nachträglich ließe sich daran auch nichts mehr ändern. Hopp oder Topp! Es ging um ein aufregendes Erlebnis der Familie. Ich schrieb also, und schrieb, und schrieb, und schrieb… und gab am Schluss dreizehn Seiten ab. Dann war ich fertig. Ich durfte auch heim.

Tatsächlich bekam ich eine „eins", was bei mir eine Seltenheit war. Aber der Grund dafür war vermutlich auch, dass das leichte Fieber meine Phantasie beflügelt hatte.

9.4 Hobbies

Irgendwann in dieser Zeit gab es an der alten Stadtmauer, die vom Gymnasium aus leicht zu erreichen war, ein Negerkußwettessen. Auf unserer (Klasse) Seite war ein Durchfaller der Protagonist. Der mußte wohl angeben. Aber dann mußte er sich auch übergeben. Reck oder Oliver hieß er mich Nach- oder Vornamen. Ich fand die Szene geil, aber irgendwie auch blöd. Ich selbst hätte nicht mitgemacht.

Mit meinem Freund Klaus Fenkner las ich die Zeitschrift „Hobby" und experimentierte rum. (u.a. waren wir im Funker-Club und lernten Morsen). Zum 50. schenkte mir Wolfgang ein Hobby-Heft Jahrgang 55... Er hat solche Gags auf Lager...

Beim Ruderclub lernte ich mit Wolfgang Rudern. Die Werbung dafür lief über die Schule. In der frühen Jugend radelten wir oft zum Ruderclub. Dort badeten wir im Main. Allerdings ging es uns vorwiegend ums Schwimmen: Wir schwammen quer und merkten: Es lohnt sich, auf Schiffe zu warten und hinter ihnen durchzuschwimmen: Die hohen Wellen bieten eine Herausforderung!

Irgendwann war uns allerdings der Main zu dreckig. Auch wir merkten die Umweltverschmutzung.

9.5 Die neue Welt der Schallplatten

Bei meinem Cousin Burkhard Dammann[10] nahm ich eine ganze Reihe Platten auf, als ich 1969 mein tragbares Tonbandgerät bekam - natürlich alles über Mikrophon. Ein Freund von ihm sang dabei „Paint it black", so dass ich es nicht mit der Stimme von Mick Jagger im Vordergrund hörte.

Plattenkaufen war teuer. Aber! In der Bahnhofstraße, gegenüber von der Post gab es den kleinen Ramsch-Schreibwarenladen der „Damen" von nebenan, in dem ausgemusterte Singles von Juke-Boxen angeboten wurden. Da war ich regelmäßig Kunde und wurde oft fündig. Nicht immer stimmten Cover und Inhalt (Single) überein, aber z.B. bekam ich so das Cover von „Moscow", während ich die Single schon vorher erworben hatte. Natürlich rochen solche kleinen, vollgestopften Läden auch besonders geheimnisvoll.

„Moscow"

Ich lernte den Song kennen, als ich in den Ferien in Alexandersbad Musik von einem Jungen hörte, der ein Jahr älter und damit natürlich total welterfahren war – meinen Eltern meilenweit voraus. Das Wort „Moscow" hörte ich immer wieder und dachte dabei an die Hauptstadt der UdSSR, die ich mit der gerade noch positiven Konnotation „Kommunismus sorgt dafür, dass es allen gut geht" durch Revolutionen hörte. Es überschnitt sich mit dem Ende des „Prager Frühlings" – wir waren nur Tage vorher in Prag gewesen. Diesen politischen Umbruch umriss ich nicht, wohl aber, dass unsere Jugend, zu der ich allmählich gehörte, für Kommunismus und für Revolutionen war.

---

[10] Wir besuchten Burkhard anlässlich einer Dürerausstellung in Wien. Dort gab es viel Austausch über die Jugend und Levi demonstrierte er seine alte Plattensammlung.

Wieder zurück zu Hause versuchte ich, an die Platte zu kommen. Ich kannte weder Titel noch Band, aber im „Horten", dem großen Kaufhaus von Schweinfurt, stieß ich auf eine bunte CD mit dem Titel „Revolution". Da war mir klar: Das muss das Lied sein. Moskau und Revolution waren sozusagen identisch. Was für ein Frust, als ich zuhause die Platte auflegte und es nicht mein geliebtes Lied war.

Ich war frustriert, aber Hey Jude gefiel mir. Übrigens meine erste Platte.

Tatsächlich war die originale Single schon aus den Regalen verschwunden, aber ich fand sie zu meiner Überraschung bei Stöbern in einer Plattenkiste eines engen Schreibwarenladens Anfang 1969. Sie steckte in einem neutralen Cover. Das originale Cover entdeckte ich im selben Laden einige Monate später mit einem fremden Inhalt. Die originale Single konnte ich zu Hause so richtig aufdrehen. Sie hatte nur einen Nachteil, den ich erst in der CD-Version aufgehoben fand – und vorher, als ich 1984 den Song bei Bayern 3 wünschte und auch bekam. Meine Single hatte in den Anfangssekunden ein Kratzgeräusch, denn sie war in einer Jukebox gelaufen, wo der Plattenarm etwas zu spät aufsetzte...

Ich fand zwar später die Beatles mit „Hey Jude" und irgendwann dann auch „Revolution" super, aber an „Moscow" von „The Wonderland" kam es nicht ran. Der psychodelische Sound mit einem klaren Beat, das verfremdete Schlagzeug und die sehr bewegliche Stimme fand ich bei den Beatles so nicht –immerhin habe ich inzwischen zwei Bücher zu den Beatles geschrieben, d.h. mich in ihre Songs tief hineingehört. „Poochy" und „Boomerang" gefielen mir gut, klangen aber poppiger, „on my way" ging dann schon Richtung „Zukunft der 70er".

Achim Reichel war für mich die Geschichte der Musik aus dem Mainstream-Star-Club hin in eine große Breite, wobei mich die Shantys echt überraschten und „Wahre Liebe" wieder Mal bewies, dass man die englischsprachigen Songs so nebenher hören kann, es bei den deutschsprachigen Liedern aber schade ist, wenn man die Texte überhört. Deswegen habe ich sie mir auf einen Stick überspielt und höre sie beim Autofahren. Dass ich ihn auf dem Bardentreffen nicht hören konnte, hat mich immer gewurmt.

Als Achim Reichel in Nürnberg auftreten sollte, schrieb ich ihm: „Mit Freuden habe ich vom bevorstehenden Konzert im Nürnberger "Hirsch" gelesen. Da gehe ich natürlich hin. Trotzdem eine Frage. Für mich war der Durchbruch zur Rockmusik, als ich von Wonderland "Moscow" hörte. ... Wird der Song auch bei dem Thema "When I'm 75" erscheinen? Ich würde ihn gerne mal live hören."

Antwort: Hi Volker, Moscow? OK machen wir. Gruß aus Hamburg - Achim

Er brachte dann „Moscow" doch nicht. Doof! Das hätte er doch auch schreiben können... Ich meldete ihm den Ärger auch zurück. Aber er gab keine Antwort.

9.6 Kontext Metzgergasse

Meine Patin, Tante Irmgard wohnte in Schweinfurt, wie auch hier sechs Geschwister. Drum heute ein paar Blicke in die Metzgergasse.

Ihr Schwiegervater Hans Krackhardt war Obermeister der Metzgerinnung gewesen. Das Geschäft lag zentral neben dem Rathaus. Es war ein mehrstöckiger Atriumbau. In jedem Stockwerk konnte man einmal um das Atrium herumgehen. Eine Seite war nur eine Art Wehrgang. Man musste einige Holzstufen hinuntersteigen, aber das war nötig, denn am anderen Ende war das Klo, das Plumpsklo, das natürlich im Winter nicht geheizt war. Da viel von der Wohnung alles ganz tief hinunter. Ein bisschen hatte ich Angst, den Holzdeckel abzunehmen, weil ich fürchtete, einmal selbst hinunter zu fallen. Sie wohnten im hohen zweiten Stock. Auf die Holztür des Klosetts schossen Rainer und ich später mit dem Luftgewehr auf Zielscheiben. Rechts vom Kloset ging es in eine schmale Werkstatt. Dann kam das Zimmerchen von Sybille und dann um die nächste Ecke von Rainer.

Dort ging es dann ein paar Stufen hoch zum Familienwohnbereich, hinab ging es zum Opa Hans, den ich noch erlebte, wie er mit seinem Holzbein hochhumpelte. Aber er war nicht wirklich zu bedauern, wie er sich seiner Schwiegertochter gegenüber herablassend verhielt. Einmal stürzte er die breite Treppe hinunter. Das war natürlich heftig, da er nicht mehr selbst aufstehen konnte.

Wenn man bis ins Erdgeschoss ging, konnte man von hinten in den Laden kommen eine Top-Adresse in Schweinfurt. Tante Irmgard regte sich immer wieder auf, dass manche nur kamen, ein Brötchen nahmen und den kostenlosen Senf draufschmierten. Für eine wirtschaftlich denkende Metzgersfrau war das natürlich bodenlos. Ich sehe das auch so, aber sie verarmten nicht. Problematisch wurde lediglich, dass Karl überhaupt kein Metzger sein wollte, dann auch das Geschäft abgab, sich dem Weinberg widmete und schließlich bei der Schweinfurter Industrie landete. Sie verarmten trotzdem nicht. Muttis Tagebuchnotizen sind sehr voller Mitgefühl für Karl.

Wenn man ins Atrium kam, konnte man in die Wurstküche. Allerdings fand ich die hölzerne Weinpresse im Hof viel interessanter. Das Pressen erlebte ich jedoch nie, obwohl ich bei der Lese dabei war.

Dann konnte man in den Keller steigen, hohe Stufen hinab. Es war dunkel, schwach beleuchtet und feucht. Wir gingen sogar bis in den zweiten Keller. Dort waren die Weinfässer und... Ja, dort gab es auch im Sommer Eis. Im Winter wurde Eis von den Weihern geschlagen, in die Keller gebracht und hielt sich dank der konstanten Temperaturen.

Das Eis kam vom jenseitigen Ufer des Maines, wo Teiche waren. Dort gab es im Winter auch Eisflächen.[11] Als meine Eltern gebrauchte Schlittschuhe kauften, fuhren wir dort manchmal, wenn der Winter kalt genug war. Freilich war es keine geschliffene Fläche, doch es gab Musik bei der Imbiss-Station.

Zwischen diesen Eisflächen und der Stadt liegt die Main-Insel. Auf der einen Seite ist die Cramer-Mühle, wo Muttis Onkel Karl

---

[11] 2020 fuhr ich auf dem Weg zu Tante Irmgards Beerdigung wieder dort vorbei: Die Fläche gibt es noch immer.

Engel arbeitete, auf der anderen Seite der Brücke ist oder inzwischen war der Schlachthof[12]. Von dort holte Karl das Fleisch. Dafür hatte er in der Nachkriegszeit einen kleinen Lieferwagen mit offenem Verdeck, der mit Holz betrieben wurde. Holzvergaser nannte man die Energieerzeugung. Den Wagen nutzte er auch für andere Fahrten und es konnte sein, dass sich auf der Ladefläche eine ganze Familie befand...

Karl übte den Beruf nur auf väterlichen Druck aus. Als er das Geschäft aufgab, gehörte er nicht zu den Verlierern des Wirtschaftswunders. Dazu habe ich eine wiederkehrende Szene im Gedächtnis: Manchmal kamen wir ins Wohnzimmer und Tante Irmgard saß aufmerksam vor dem Radio. Dort kamen die Börsennachrichten. Wir mussten ganz still sein, am besten wieder rausgehen, denn sie verfolgte die Kurse. Ich fand das spannend und überlegte, ob ich es als Erwachsener auch so machen würde.

Nebenan hing in der Küche ein Vogelbauer mit einem gelben Kanarienvogel. Er hieß Jokele. Sie trainierte ihn: Jokele, Jokele Krackhardt, Metzgergasse 9. Das sollte er wissen, wenn er sich mal verirrte. Tatsächlich entwich er einmal durchs offene Fenster, als er nur durch das Zimmer flattern sollte. Seine Sprachkenntnisse halfen ihm nicht. Aber irgendjemand fing ihn ein und so kam er doch zurück.

In der geräumigen Essküche kochte Tante Irmgard hervorragend – dazu verfügte sie auch aus dem eigenen Laden über das beste Fleisch. Später brachte sie mir bei, wie man Gulasch scharf anbrät und im Sicomatic fertig macht. Das Rezept habe ich veröffentlicht. Dennoch blieb mir ein fleischloses Gericht von ihr am besten in Erinnerung: Wir gingen am Sonntag in die Wehranlangen jenseits des Mains und sammelten dort Pilze. Aus denen fertigte sie zuhause ein Pilzgulasch. Pilze verabscheute ich, aber dieses aus Höflichkeit gegessene Gulasch war eine Offenbarung. Lecker!

Das Gleiche gelang nicht, als es Hähnchen gab und alle, einschließlich Rainer, behaupteten, die Haut wäre das Beste. Nee, ich fand sie eklig. Das hielt sich nicht bis heute! Inzwischen finde auch ich es lecker.

---

[12] In Uffenheim teilte ich mein Zimmer mit Peter Schulz, dem Sohn des Direktors des Schlachthofes. Bei ihnen war ich auch mal zum Essen eingeladen.

Im Herbst ging es in den Weinberg an der Mainberger Straße. Wir Kinder durften mit. Der Berghang war steil und musste durch Mauern gestützt werden. Im oberen Drittel stand ein kleines Häuschen und auch eine Schaukel. Für uns Kinder ein echtes Vergnügen. Die Erwachsenen freilich plagten sich ab. Die Trauben wurden geschnitten, in den Bottich geworfen und zusammengetragen. Wie sie letztlich in die Metzgergasse gelangten, weiß ich nicht, aber ich vermute, mit diesem Lieferwagen. Die Erwachsenen waren ansonsten mit Fahrrad oder Omnibus unterwegs.

Von der Metzgergasse aus gingen Rainer und ich, meist mit weiteren Freunden auch über die Brücke zum Sau-Main. Ganz am Anfang gab es eine Autobrücke und daneben für die Fußgänger einen Holzsteg. Der war mir ein bisschen unheimlich. Der Sau-Main, umgeben von Bäumen, völlig ohne Bebauung war recht niedrig – man hätte durch die Furt Schweine treiben können. Manche Bäume hingen übers Wasser und auf manchen Stämmen konnte man fast senkrecht über dem Wasser stehen. Außerdem konnten wir über Steine balancieren und entdeckten dabei Miesmuscheln, die sich an Steinen festgesogen hatten.

9.7 Party bei Rainer Krackhart,

Rainers Zimmer wurde wichtig für die Anfangszeit meiner Jugend. Ab 1969 hörten wir dort die angesagte Musik, zum Beispiel „Amazonen" von den Bidels. Später wurde mir klar: Es waren die Beatles und das Lied hieß „I'm a loser". Auch „Day Tripper" lernte ich dort kennen und von Canned Heat „Let's work together", dessen erdiger Blues mich sofort ansprach.

Wir setzten uns auch im Schneidersitz auf den Boden und hörten „In-A-Gadda-Da-Vida" von „Iron Butterfly". Wir trommelten mit den Händen auf unsere Knie und bewegten den Kopf, als wären wir „high" oder „stoned".

Dann gab es Partys mit Rainer und Sybille. Einmal schnappte ich mir als Quasie-Freundin Elisabeth. Sie hatte ihre Zwillingsschwester dabei, auf die Rainer stand. Irgendwie vertauschten sie uns auch mal. Aber es hielt nicht lange. Dafür übernachteten wir nach einer Party im Wohnzimmer. Neben mir lag ein Mädchen, das mich anmachte. Im Dunkeln knutschten wir, aber weiter ließ sie mich nicht gehen. Wäre auch blöd gewesen, mit den anderen im Zimmer. Bei denen lief freilich auch manches. Gitte war auch mit im Raum. Am nächsten Morgen war mir das Geknutsche peinlich.

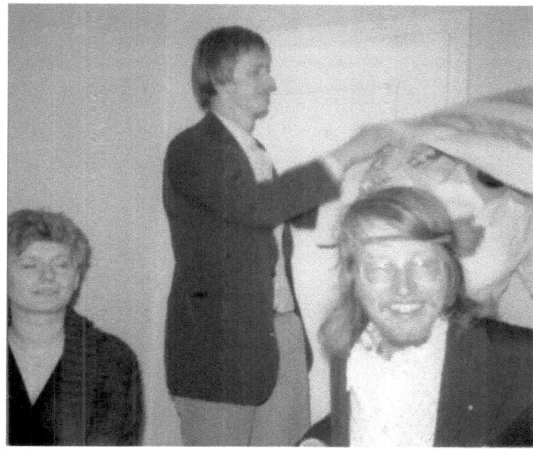

Bei Rainers Hochzeit. Bin ich nicht schick?

Rainer baute noch in der Schulzeit einen Laden auf, in dem er Elektrogeräte vertrieb. Ich kaufte ihm für teures Geld einen Plattenspieler ab. Der war echt gut. Nur brauchte ich einige Zeit, bis ich mir die passenden Lautsprecher leisten konnte.

9.8 Stimmbruch

Liebe Ulrike Dein Brief hat mich sehr gefreut Die Schokolade habe ich mir am Morgen des 2. Schultages einverleibt. Lmmh. Warscheinlich gefiel es mir deshalb in der Schule auch ein bischen besser. Wir haben dieses eine fast neue Besetzung von Lehrern. Nur 4 der alten sind wieder da. Drei hatte ich jedes Jahr und einer ist längere Zeit an der Schule. Diese Lehrer geben (Schlechtestes am Anfang) Musik Turnen Geschichte Zeichnen

Ich bin, wie sich in Musik herausstellte, der einzige u. erste Mutant, d.h. Stimmbrüchige (von mutare, verändern) in der Klasse. In dem Jahr habe ich „nur" 42 Mitschüler (vorges Jahr 49).

Hoffentlich hast du denn Schulanfang überwunden. Unserer kleinen Tochter Ines habe ich noch nicht geschrieben. Ines ist Portugiesisch und bedeutet Kratzbürste. So ein Pech für die Kleine. Doch sie macht ihrem Namen alle Ehre.

Bei uns sind nun alle Kinder eingetroffen manchmal machen wir Jungen Straßenspiele. Unsre Straße spielt in Besetzung mit Mittelstürmer Förster,

Rechtsaußen Ziegler. Tor u. Verteidigung Schoßwald (V.). Manchmal Verteigiger Eller u. Schoßwald (E). Gegner: M.s. Johann (H) A.s. Bernd, T.u.V. Johann (M)

Das Wetter bei uns geht. Daher lassen wir des öfteren Drachensteigen. Neulich bekam ich ihn mal ganz hoch. Da ging die Schnur von der Spule ab, der Drachen torkelte und fiel in engerwerdenden Kreisen herab kurz über Straße erfasste ihn noch einmal ein Aufwind und trieb ihn hoch. Jedoch genau am Rand jenseits der Straße krachte Er in ein Gebüsch. Die Schnur hielt einige Autos auf. Ein Motoradfahrer sprang ab und brachte Drachen und Schnur an den rechten Rand. Schon stolberte ich hin. Die Autos fuhren weiter und ich fand meinen Drachen wohlbehalten. Doch die Schnur oh weh. Ein Glück das du nicht dabei warst. Sie war ein Knäul. Zwei Tage brauchten wir um ihn wieder völlig zu entwirren.

Vorgestern gingen wir ins Hallenbad. Das war ein Gaudi. Leider konnte ich nur einmal vom Dreimeter springen, dann war dieses Geschlossen. So mußte ich mich mit Tauchen und Schwimmen begnügen. Aber durch ein 50m langes Becken zu kraulen ist nicht gerade das einfachste. Danach gingen wir noch in das Kaufhaus Horten. Ich legte mir eine Times (Adam) zu und (hier bricht leider der Brief ab, weil das übrige Blatt fehlt...)

Bei Ulrike in Regensburg mit violetter Kordhose, T-Shirt mit meinem Symbol draufgemalt, Fransenjacke schwarz-rot-gold von Mutti für mich gemacht

9.9 Konfirmation 1969 und Freund fürs Leben

Meinen Konfirmationsspruch hatte ich 1967 bei der CVJM-Freizeit in Brandmatt gefunden. Ich schrieb ihn mir in die Bibel. Joh.5,24 „*Wahrlich, wahrlich, ich sage euch: Wer mein Wort hört und glaubt dem, der mich gesandt hat, der hat das ewige Leben und kommt nicht in das Gericht, sondern er ist vom Tode zum Leben hindurchgedrungen.*"

Eine beeindruckend große Gruppe. Links hinten mein Vater, rechts Pfarrer Thomas.

Bei der Konfirmandenfeier neben meiner Patin Irmgard.

Ich war der einzige Konfirmand, der sich seinen Spruch selbst wählte. Zur Einsegnung mussten wir nach vorne treten und bekamen den Segen sowie den Spruch zugesprochen. Vati, Lektor in der Gemeinde assistierte Pfarrer Thomas. Ich trat also in meinem Konfirmationsanzüglein nach vorne, der Geistliche erbleichte, blätterte wie wild in seinen Unterlangen, fand aber dem Spruch nicht – klar, die anderen waren alle zusammen, weil er sie selbst ausgesucht hatte. Am Ende fand er ihn wohl doch noch – ich hätte ihn auch auswendig gewusst.

Aus dem KU merkte ich mir: ich sah immer wieder das Bild vom sinkenden Petrus von Rembrandt. Beim Praktikum war ich für den Schaukasten zuständig. Statt einer Prüfung gestalteten wir einen Abend mit Präsentationen unseres Tuns.

Nach der Konfirmation schloss sich die Kindergottesdiensthelferzeit an, ein für mich wichtiger Kreis von Freundinnen und Freunden, zentral natürlich Wolfgang Reisky.

Helmut, Klaus, Gabi, Volker / Silvester Sennfelder Kirchturm

Volker und Angelika

Hier trage ich Ullala auf Händen, oben sind wir an Silvester in Sennfeld auf dem Kirchturm. Links ist Ann Rogier aus Michigan, eine Austauschschülerin, die bei Krackhardts wohnte und mit der ich jahrelang Briefkontakt hielt. Sie muss ziemlich lange dagewesen sein, denn ich erinnere mich, dass wir im Juli 1971 bei Tante Irmgard fernsahen und plötzlich in den Nachrichten ein Bild von Louis Armstrong auftauchte: „O, Satchmo! What happened?" Wir konnten es ihr leicht übersetzen: Er war verstorben. Das machte sie echt traurig.

Ellertshäusersee Brief an Mutti 28.7.70:
Ferien. Das sagt alles. Ich habe bereits dem Malen einen Nachmittag bei Johannes gewidmet. Wir ölten je 2 Bilder... von 11-17.30 Uhr. ...

Am Freitagabend machten wir mit KGH, Frl. Vikarin Plazer, Herrn Pfarrer, Vati und Ekke einen Lagerfeuerabend am Ellertshäusersee. Wir mieteten 3 Paddelboote und ein Ruderboot. Mausi (Klaus), Wolfgang und ich kaperten schwimmend Herrn Dr. Thomas Boot (Ruderboot). Dann erledigten wir nach und nach fast alle Boote. Alle männlichen Teilnehmer hatten Badehosen an. Die Mädchen waren angezogen. Dagmar und Gisela waren am Schluß so naß, daß sie mit Kleidern ins Wasser sprangen.

Abends gab es Bratwürste vom Rost und am Stecken. Montag waren wir zu Hansis Geburtstag bei Kaatschens. ...

In der Gruppe erschien irgendwie dann auch ein Schulkamerad von Wolfgang und Klaus, Helmut Daller, mit dem Gitte mal befreundet war und der mit uns in die Türkei fuhr.

9.10 Abtreibung

Mutti, mit der ich in den letzten Wochen (2004) immer wieder länger reden konnte, erzählte, dass ihre Mutter mehrfach abgetrieben habe, sonst hätte sie wohl acht Kinder gehabt. Zur Abtreibung (natürlich illegal) kam der Arzt ins Haus; sie wurde in der Küche vorgenommen, und der Großvater musste dabei sein; um zu assistieren oder als Abschreckung, spekuliere sie nur.

Apropos Abtreibung. Als ich so ums Abi oder Studienbeginn rum alt war, hatte ich viel Kontakt zu Heidi. Ich lernte sie kennen, weil sie schlecht in der Schule war und ihre Eltern einen Mathenachhilfelehrer suchten. Ich wurde es. Und die wurde plötzlich schwanger (nicht von mir, dafür gab es leider überhaupt keine Ursache); in tiefsinnigen Gesprächen unterstützte ich sie in ihrem Anliegen, abzutreiben. Sie fuhr dann nach Holland. Und hinterher war sie ziemlich fertig.

9.11 Silvester ca 74

Bei Heidi und mit ihr sowie einer großen Crew feierte ich 1977 Sylvester. In Würzburg. Wir waren über 25 Leute in ihrer Wohngemeinschaft. Beeindruckend: Bei Glatteis liefen wir um halb zwölf mit Fackeln zur Burg hoch. Dabei: eine Riesenbuddel Sekt. Und oben ein toller Blick... am nächsten Morgen, als viele noch pennten (es war natürlich Wohngemeinschaftsmäßig und wir hatten unsere Schlafsäcke ausgebreitet) ging ich in den Neujahrs Gottesdienst. Heidi ging sogar mit; unbefangen wie ich war, wählte ich die nächste Kirche; es war die von den Augustinern. Aber mir konnten selbst Augustiner nichts ausmachen nach der Sekt-Berg-Tour.

Sylvester 81?. Ekkehart und eine nicht mehr bekannte Kommilitonin war bei uns in der Haugerglacisstraße in Würzburg. Wir zogen nächtens los, und Ekkehart führte uns in eine Schwulenkneipe. Fanden wir nicht so toll. Damit war die Stimmung nicht mehr besonders entspannt. Schade... Immerhin mal ein Silvester mit Ekkehart, den ich auch in den gemeinsamen Würzburger Tagen kaum sah.

10 Die Jugend

10.1 Rollschuhe sind gefährlich ca. 1966

"Rollschuhe!" Wie jubelte ich, als ich Rollschuhe bekam. Vier Rollen mit Kugellagern, eine Stahlplatte und drei Riemen: Man musste sie unter die Schuhe schnallen. Direkt vor unserem Haus war es ein kleines bisschen abschüssig. Da konnte ich rollen und es wurde doch nicht zu schnell. Freilich waren es Platten, die teilweise herausstanden. Das konnte mal gefährlich werden. Ich musste also Bremsen lernen und auch Kurven fahren.

Kurven! Da gab es bei uns gute Gelegenheiten. Um unser Reihenhaus mit zehn Parteien konnte man herumfahren, vorne an der Straße und den Hecken entlang und hinten, wobei nach drei Parteien eine Ecke kam und dann nach vier Parteien wieder eine.

Gefährlich war natürlich, dass auch ich nicht um Häuserecken schauen konnte. Es musste also vorsichtig gehen.

Einmal war ich fast komplett um den Block gefahren, packte die Ecke bei Kaatschens, passierte die „Damen" und wollte bei uns in die Zielgerade einbiegen, als…

„Hei!" Einer meiner Rollschuhe stoppte. „Mist" Es drehte mich. Ich flog hin. Direkt in der 90° Kurve. Da war ein niedriges Mäuerchen am Sandkasten. Ich stürzte voll drauf. „Aah!" Knie aufgeschürft, Hände aufgeschürft – nichts mit Hand, Ellenbogen- und Knieschonern. Es tat weh! Aber noch mehr weh tat mir mein… Arm! Was war los?

Ich humpelte die paar Schritte zur Haustüre und klingelte Sturm. Die Tür wurde geöffnet, das Gesicht unserer Zugehfrau erschien: „Was willst du denn, Volki?"

„Ah, mein Arm!"

Sie wurde ganz bleich, kippte schier um und meine Mutter erschien auf der Bildfläche: „Was ist denn mit Ihnen los?"

„Der Volker…"

„Volki, ws ist denn los?"

„Ja, mein Arm…"

„Was ist denn passiert?"

„Mit den Rollschuhen. Ich bin ums Eck gefahren. Gestürzt. Voll auf den Arm!"

„Komm her, zeig mal!"

Sie schaute es genauer an und erbleichte: „Schürfung? Nein, das ist was anderes! Der Arm ist doch nicht mehr gerade! Ich glaube, wir fahren besser sofort ins Krankenhaus!"

Sie telefonierte nach dem Taxi und ab ging es in das allseits bekannte Seppeleshaus, das Krankenhaus St. Joseph. Ach nein, diesmal lief es anders. Wir fuhren Richtung Rossmarkt. Dort war ein Orthopäde, der röntgen konnte.

Der Knochenfachmann schaute sich den Arm an und sagte: „Na, das sieht man jetzt nicht ganz genau. Es könnt scho sei, des do was gebrochn is… Da müss mer halt rönchn." Dann musste ich in einen abgeschirmten Raum und meinen Arm auf eine Art hoher Liege legen. Oben drüber war eine ei-förmige große silberne Kapsel mit einem Glas unten dran. Die Kapsel senkte er über meinen Arm, der still liegen sollte. Dann gingen die Erwachsenen mit ihm hinaus. Es machte „sst", sie kamen wieder herein und er sagte: „So, jetzt haben wir es geröntgt."

„Ich habe aber gar Nichts gemerkt!"

Er lachte: „Das ist das Schöne beim Röntgen: Man spürt nichts und ich kann trotzdem den Knochen sehen."

Er wandte sich an meine Mutter: „Jetzt müssen wir das Bild noch entwickeln und dann sehen wir…"

Das Bild wurde entwickelt. Ich glaube, es war ein großes, viereckiges Plastikteil. Er hielt es gegen das Licht: „Schau mal her, Volker: Das ist dein Knochen und hier siehst du ganz genau: Der Knochen hat einen Riss. O, Frau Schoßwald, das sieht nicht so gut aus! Er ist sogar gebrochen. Dumm ist nur: Die Bruchstellen stehen sich nicht gerade gegenüber… Wenn der so zusammenwächst, wird er ganz krumm."

Er ließ sich noch einmal meinen Arm zeigen und da ich wusste, dass Röntgen nicht weh tut, gab ich ihn arglos. Er fasste zu, machte einen Ruck, ich schrie! Das hatte sakrisch weg getan.

Er beschwichtigte: „Volker, das war bestimmt schlimm. Aber jetzt ist alles in Ordnung. Jetzt tu ich dir nicht mehr weh und der Arm kann gut zusammenwachsen. Ich musste ihn nur noch richten."

Er tätschelte mich beruhigend auf den Kopf: „Ich lege jetzt eine Schiene an, mache einen Gipsverband und du bekommst eine Schlinge, damit der Arm ruhig gestellt wird." Jetzt war ich natürlich wachsam. Ich wollte nicht, dass er mir noch einmal wehtat. Tat er auch nicht! Als der Verband fertig war, legte er mir eine Schlinge um den Nacken und ich durfte gehen: „Den Arm musst du jetzt zwei Wochen lang ruhig halten. Natürlich kein Sport und so. Dann kommst du wieder und wir schauen uns die Sache noch mal an."

Anschließend bekam ich von Mutti ein Eis, weil ich so brav gewesen war und wir stiegen in den Bus und fuhren heim. Allerdings konnte ich in der Schule nicht mitschreiben, weil es mein rechter Arm war. Vati untersuchte auch meine Rollschuhe, weil wir wissen wollten, was los war.

„O!", meinte er, „Jetzt ist alles klar!" Er zeigte mir die Rollen: „Schau, hier sind die Kugellager und das eine Kugellager ist kaputt, das blockiert. Da kann sich das Rad nicht mehr drehen. Und wenn ein Rad stoppt, reißt es dich herum und du stürzt. Das müssen wir ersetzen."

Ich fuhr vor Angst erstmals überhaupt nicht mehr Rollschuhe. Aber dann juckte es mich wieder und ich begann aufs Neue.

Die Nachuntersuchung war erfolgreich, der Gips wurde entfernt und alles war gut.

10.2 Lachgas

In der Nachbarschaft des Arztes war die Stadtbibliothek, in die ich regelmäßig ging, um dort eine Stunde zu lesen und Bücher zu leihen. Daneben war die Zahnarztpraxis.

Mit zehn war ich groß genug, alleine mit dem Bus in die Stadt zum Zahnarzt zu fahren. Ich setzte mich auf den Stuhl und fand die glitzernde Einrichtung so toll, dass ich selber Zahnarzt werden wollte. Ich weiß nicht mehr, worum es gerade ging, aber eines Tages musste er mich betäuben. Es würde etwas Schmerzhaftes werden. „Jetzt wird es lustig!" meine er und setzte mir eine Maske auf die Nase. Ich sollte tief einatmen. Weshalb?

Irgendwann bewegte sich was im Zimmer. Nein! Das Zimmer selbst bewegte sich. Und ich… vermutlich schlief ich ein. Als ich wieder aufwachte, sagte er: „So, Volker, jetzt ist alles erledigt. Jetzt kannst du wieder heim." „Was war denn los?" „Ich habe dir etwas Lachgas verpasst, damit du nichts spürst. Aber das vergeht wieder."

Es vergeht? Ich torkelte auf die Straße und war noch ziemlich benommen. Zum Glück fuhr der Bus genau gegenüber ab und ich lief in kein Auto hinein. Bis nach Hause kam ich noch. Dann musste ich mich hinlegen und schlief erst einmal. Das war meine erste Narkose.

10.3 Wembley: Volltreffer bei der Lampe

„Tooor!!" – „Kein Tor!" Wembley – Mechwartstraße 1966

Das Fußball-WM Endspiel in Wembley, England am 30. Juli 1966 mit dem berühmten umstrittenen Tor zum 3:2 für England in der 101. Minute sahen wir bei den Nachbarn Eller. Ich verstand nicht wirklich etwas von Fußball, spürte aber die Spannung der Erwachsenen.

Onkel Ekkehart war zu Besuch und saß mit den Männern auf der Couch. Bei einem Tor sprang er so hoch, dass dabei die gläserne Hängelampe an der Decke zu Bruch ging... Das Spiel war aber so wichtig, dass sich kein Streit anschloss, sondern das Thema anschließend geklärt wurde. Das berühmte Wembley-Tor, von Geoff Hurst geschossen und von Hans Tilkowski geklärt, beanspruchte die Emotionen, bei denen natürlich alle derselben heftig artikulierten Meinung waren: Das war kein Tor.

Mir selber blieb eine Szene in Erinnerung: Lothar Emmerich, der für Deutschland stürmte und stürmte und wo der Kommentator resignierend sagte: Emmerich ist im Tor, der Ball aber nicht... Ich fand das total witzig. Lothar Emmerich spielte tatsächlich am Ende seiner Karriere für den FC 05 Schweinfurt.

10.4 Freizeit auf Burg Wernfels

Das erste Mal auf einer größeren Fahrt weg war ich auf Burg Wernfels, mit dem CVJM. Im Wald spielten wir ein Geländespiel. Die mit den roten Bändern mussten die mit den blauen Bändern suchen; es ging vermutlich noch um einen Schatz. Ich fand es unheimlich aufregend und war total begeistert. Es war ein Abenteuer Urerlebnis. Für mich wurde es damals praktisch erst erfunden. Diese Erfahrung machte ich selbst noch öfters, aber auch mit Jugendlichen, mit denen ich arbeitete.

Am Wochenende wollten die Eltern kommen, hatten es zumindest angedeutet. Ich wartete die ganze Zeit – ich sehe mich noch heute: auf dem steinernen Handlauf der Eingangstreppe, aber es kamen nur Eltern von anderen und ich war zutiefst enttäuscht. Es entstand zwar kein Misstrauen, aber den Enttäuschungsschmerz spüre ich noch heute.

10.5 Dieb auf Burg Wernfels 1966

„Ein Dieb ist unter uns!" Wir blickten uns an. Wer sollte das sein? Das gab es doch nicht. Zumindest war ich mir sicher: Ich bin es nicht.

Wirklich nicht?

Die CVJM-Freizeit auf der Burg Wernfels war toll. Ich fuhr – natürlich damals mit einem Bus - von zu Hause weg, war mit anderen Kindern unterwegs. Das fand ich spannend. Die Burg als solche beeindruckte mich: Hoch auf dem Berg, mit Türmen und

Ritterzimmer. Mit den anderen Kindern machten die Aktionen viel Spaß. Wir waren in einem unteren Zimmer untergebracht, ohne Tageslicht in einem großen Raum mit vielen Betten. Aber das war einfach so.

Eines Tages erstarrte ich nahezu. Beim Essen im großen Speisesaal wurde uns eröffnet, es wäre gestohlen worden. Deshalb würden nun unsere Sachen durchsucht, um den Dieb zu finden.

Man machte eine Durchsuchung der Habseligkeiten und stieß auf einen braunen 50 DM-Schein in meiner Jackengasse. Die tolle grüne Steppjacke hatte ich von Klärchen geerbt und die Seitentaschen mit Reisverschlüssen war optimal für geheimes Verstecken.

Das wurde für mich sehr peinlich, da man bei mir 50 Mark fand, die jenseits meiner normalen Beträge waren.

Ich wurde zum Herrn Pirner, dem Leiter zitiert. Er war ein aus meiner Sicht älterer, dicklicher Mann, der von Würzburg nach Schweinfurt gekommen war. Als er mich nach den Hintergründen des 50 DM-Scheins fragte, verstand ich erst mal nichts, dann fiel es mir siedend heiß ein und ich gestand alles. Horst Pirner entlastete mich: „Wir wissen, dass du kein Geld gestohlen hast. Es waren keine 50 Mark, die fehlten. Aber natürlich musst du das mit deinen Eltern klären.[13] Väterlich drückte mich der Leiter an seinen Bauch. Aber mir war das nur zu 50% angenehm.

Das mit den 50 DM lief so: Ich hatte mir 50 DM aus Muttis Kasse genommen. Jemand war an der Haustür, um Geld einzusammeln – seinerzeit wurde Geld noch direkt eingesammelt, z.B. die Beiträge für die Krankenversicherung, bei Mutti war dies die Barmer-Versicherung und wir Kinder waren dabei. Also als jemand kam und ich allein war, nahm ich mir 50DM aus der Vorratsdose im Küchenschrank; aber ich brauchte sie dann wohl doch nicht, vergaß sie aber blöderweise. Wobei 50DM ziemlich viel Geld waren. Ich hätte freilich nicht einmal eine Mark ausgegeben, weil Geld immer wahnsinnig viel wert war.

---

[13] Es war also kein Problem, da die Summe nicht stimmte; aber man war halt bei soviel Geld bei einem kleinen Mann misstrauisch geworden.

10.6 Das fliegende Dach des Metzgermeisters

Zur Konfirmation 1969 bekam ich Ölfarben und eine Staffelei. Ich wohnte oben unterm Dach und malte dort.

Links konnte ich das Nachbarhaus schauen, einstöckig mit Flachdach. Dort wohnte unser Metzger Lechner aus der Bahnhofstraße. Er verfügte auch über einen Spitz, den ich durch den Gartenzaun beobachten konnte. Eines Tages hörten wir, dass er gestorben war und irgendwann bekam ich mit, dass er im Garten beerdigt war. Das hat mich beeindruckt.

Eines Tages, als ich beim Malen war, kam ein heftiger Wind auf, eine Windhose. Mehr beiläufig schaute ich hinaus auf die niedrigen Laubbäume, die sich hin und her bogen. Aber was war das? Ich traute meinen Augen nicht: Das Wellblechdach des Nachbars erhob sich, „segelte" durch die Luft, kippte leicht zur Seite und flog um unser Haus herum. Wohin? Durch unsere Wände konnte ich nicht sehen. So stürmte ich die hölzernen Treppen hinunter ins Erdgeschoss und in der Küche sah ich, dass Nachbars Dach mit einem Eck ins Fenster geflogen war…

Das beeindruckte mich. Ebenso beeindruckte mich, dass ich von oben in Nachbars Zimmer schauen konnte. Später, als der Sturm sich gelegt hatte und wir ins Freie gingen, entdeckte ich: Die drei schönen, mächtigen und hohen Tannen hinten im Garten an der Kufi-Wiese standen nicht mehr gerade. Zwei hatte der Sturm umgeknickt. Die Verbliebene blieb auch nicht mehr lange…

Als Kind hatte ich den Bauarbeiten am Haus zugeschaut. Dazu saß ich auf den Stufen vor unserer Haustüre. Meine Mutter, sparsam wie sie war, gab mir eine Scheibe Brot mit einem Scheibchen Salami. Das schob ich dann mit den Lippen so lange vor her, bis es den Rest des Brotes bedeckte und aß dann alles mit Genuss, während ich vorher den Duft und die Vorfreude hatte. Sie nannte es „Schiebebrot" und als ich den Arbeitern zuschaute, betitelte sie es „Arbeiterbrot".

10.7 Mohrenköpfe

„Mir ist übel…" mit diesen Worten rannte er zu den Büschen und übergab sich. Was war geschehen?

Diese Geschichte ereignete sich, als ich etwa in der achten Klasse war. Im Jahr zuvor hatte ich eine Klasse wiederholt, war

durchgefallen. Ich weiß noch: Als ich am ersten Schultag zum ersten Mal in meiner zweiten siebten Klasse auftauchte, fiel ich aus allen Wolken: Mir war klar gewesen, dass ich der Schlechteste aller Schüler sei, aber nun merkte ich: Außer mir wiederholten noch sechs andere Schüler die Klasse.

In der achten Klasse durften wir bei Freistunden das Schulgelände verlassen. Wir konnten etwa Brötchen kaufen gehen. Ganz in der Nähe meines Celtis-Gymnasiums befand sich die alte Stadtmauer. Dort stand bis zum Krieg das Haus meines Großvaters, in dem mein Vater aufgewachsen war.

Mein Urgroßvater Johann Thum hatte es noch selbst gebaut. Von der Stadt hatte er das Grundstück an der Mauer bekommen und mit Hilfe von Verwandten und Freunden ein einfaches, enges Haus errichtet. Mit 39 Jahren verstarb er 1911. So musste seine Witwe es verkaufen. Das Haus erwarb Familie Fichtel von Fichtel & Sachs. Margarethe wohnte mit ihrer Familie in diesem Haus zur Miete, bis die Bomben fielen und nur noch Trümmer blieben.

1969 gab es vor der Mauer einen schönen Park mit vielen Büschen. Das war wichtig, denn zu den Büschen zog es uns an jenem Tag. Unser Klassenfrechster, Oliver Reeg stellte den Kameraden eine Herausforderung: „Ich wette, dass ich die meisten Mohrenköpfe essen kann!" Sofort hielt einer dagegen: „Das ist doch gar kein Problem! Ich schaffe mehr als du!" Damals hieß der mit Schokolade überzogene Eischnee „Mohrenkopf", später „Negerkuss", heute „Schokokuss". Das ist politisch korrekt. Aber für mich war ein Mohrenkopf einfach etwas Leckeres. Ein wörtliches Verständnis hätte mich befremdet.

Mohrenköpfe gab es damals frisch beim Bäcker. Wir zogen also los, die Buben der Klasse mit den Kontrahenten. Erst einmal mussten ausreichend Mohrenköpfe besorgt werden – aber der Bäcker hatte noch genug Vorrat. Dann wanderte die abenteuerlustige Schar zu den Büschen an der Stadtmauer.

Wir stellten uns im großen Kreis um die Wettkämpfer. Mit stoischem Blick schoben sie Mohrenkopf um Mohrenkopf in sich hinein. Gerne hätte ich auch einen gegessen… „Mohrenkopf! Lecker!" schienen die Köstlichkeiten zu sagen. Aber die Streiter wurden langsamer. Alle beide. Der eine begann schon, die Augen vor dem Zubeißen zu verdrehen. Oliver grinste frech und überlegen: „Das schaff ich doch locker!" Aber er schob sich seinen auch nur langsam zwischen die Zähne.

Ächzend gab sein Gegner auf. Oliver drückte den Rest in seinen Mund und triumphierte: „Ich habe gewonnen!" Seine Zuschauer jubelten und johlten. Aber der Sieger kostete seinen Sieg nicht aus, sondern rannte weg zum nächsten Busch. Dort konnte er sich übergeben. Sämtliche Mohrenköpfe quollen heraus und der Eischnee hing in den Zweigen.

Den Sieg trug er davon, aber die Schule schaffte er nicht.

10.8 Freistadt, Ahnen, Prag 68 und Alexandersbad

Etliche Urlaube verbrachten wir als Familie in Oberösterreich, vorwiegend in Freistadt, wo Vatis Ahnen herkommen. 1968 wohnten wir in Günsbach.

Vati durchforstete ahnenforschend die Gegend und oft genug nahm er mich mit. Ich erinnere mich an alte Kirchtürme, in denen die Kirchenbücher gelagert waren. Er gab mir immer wieder eine Aufgabe, bei der ich nach bestimmten Namen oder Daten suchen sollte. Das Papier war vergilbt, die Tinten unterschiedlich stark und die Schriftbilder unglaublich differierend. Das reizte mich durchaus, aber meine jugendliche Geduld kam immer wieder an ihr Ende. Heute würde ich gerne so etwas noch einmal machen, unter seiner Anleitung und mit einer Ahnung von der Systematik, um die es ging.

Vermutlich meine erste eindrücklichere Begegnung mit „Geschichte": Wir erreichten wenige Tage vor dem Ende des sog. Prager Frühlings die tschechoslowakische Hauptstadt **Prag**. Ich nahm im Unterschied zu Vati die Unruhe nicht wahr, obwohl wir auf dem Hradschin waren und offizielle Staatsbesuchsfahrzeuge bewunderten. – Später in Alexandersbad hingen die Erwachsenen vor dem Fernseher, weil die Russen einmarschiert waren. Es gab dann auch zusätzlich zu den regulären, mich sehr anheimelnden Morgen- und Abendandachten Friedensandachten. Das hat mich vermutlich ein Stück weit geprägt.

In Alexandersbad teilte ich das Zimmer mit einem anderen Jungen und lernte Sciene-Fiction-Literatur kennen. Eine irdische

Frau wurde von Außerirdischem als Wesen mit Eutern beschrieben: geil!

10.9 Mondlandung: Großfamilie vor dem Fernseher

Mit dem grünweißen Stadtbus fuhren wir von der Stresemannstraße in die Stadt. Beim Fahrer ließen wir uns Mehrfachfahrscheine abstempeln, mit Zeit und Datum, Samstag, 19. Juli 1969. Dann nahmen wir Platz und es hieß: „Suche bei Gehen und Stehen immer festen Halt." Außerdem war oben vorne beim Fahrer sein Namensschild, dass wir auch wussten, wer uns transportiert. Meistens bediente diese Strecke der Herr Luft. Außerdem stand dort noch: „Während des Fahrens ist das Reden mit dem Fahrer verboten!" Der Bus hatte vorne, hinten und in der Mitte Türen. Außerdem gab es ein Gepäcknetz wie bei der Bahn.

Wir fuhren bis zum Marktplatz mit dem wunderbaren Rathaus von Balthasar Neumann wie auch dem Denkmal des großen Dichters Friedrich Rückert, auf dessen Haupt die Tauben thronten und den Weisen weiß erscheinen ließen. Dort ums Eck war die Metzgergasse und da traf sich die Familie zum großen Event.

In der Metzgergasse befand sich die größte Metzgerei Schweinfurts und in diesem Haus wohnte Metzger Karl Krackhardt, mein Pate mit seiner Familie. Sein Vater war der Obermeister der Metzgerinnung gewesen. Wir klingelten an der Wohnung und es wurde geöffnet. Freudiges Willkommen durch Tante Irmgard, die ihren Lieblingsbruder Helmut empfing. Tante Emmi war schon da. Das große Wohnzimmer war nun doch gut gefüllt wie bei einem Geburtstagstreffen.

Es war ein wichtiger Tag, wie selbst wir Kinder gehört hatten: heute Nacht sollte zum ersten Mal ein Mensch den Mond betreten. Natürlich gab es etwas Leckeres zu essen und zu trinken, von den Gastgebern wie auch von den Gästen, die etwas mitgebracht hatten. Der Sekt war bereits kaltgestellt. Die Gespräche der Erwachsenen interessierten uns Kinder weniger, obwohl Norbert, Sybille, Gerlinde, Wolfgang, Rainer und ich ja bereits Jugendliche waren. Wir zogen uns in die Zimmer von Rainer und Sybille zurück. Dort konnten wir mit Panzern und Soldaten spielen, was es bei mir zu Hause nicht gab. Rainer hatte sogar Zugang zu Mickey Mouse und Donald Duck, die bei uns verpönt waren, ganz zu schweigen vom Luftgewehr.

Die kritischsten Situationen, als fast der Treibstoff ausging und Armstrong notlanden musste, bekamen wir nicht mit.

Dummerweise fand die Mondlandung mitten in der Nacht statt. Glücklicherweise in einer Samstag/Sonntag-Nacht. Für uns Kinder auf alle Fälle wurde es mehr als spät.

Irgendwann kam ein Bote von den Erwachsenen: „Ihr könnt kommen! Jetzt landen sie!" Wir eilten hoch, denn es konnte nur noch um Sekunden gehen. Schließlich waren die Astronauten mit einer Rakete unterwegs: Apollo 11, wusste ich nicht nur von meinen Raumfahrt-Sammelbildern. Doch wir sahen uns getäuscht. Es dauerte noch ewig.

Oder war der Fernseher kaputt? Es flimmerte immer nur schwarz-weiß und ab und zu drehte Onkel Karl hinten am Fernseher, um alles richtig einzustellen. Wir sahen also praktisch nichts. Es war selbstverständlich Schwarz-Weiß-Fernsehen.

Dass doch alles in Ordnung war sahen wir bei den langweilig klugen Talk-Runden im ARD-Studio, aber die Bilder aus dem Weltraum waren einfach nur graues Geflimmer. Da sollten irgendwo der Mond und ein Mensch sein? Oder sammelten sich irgendwo helle und dunkle Punkte? Konnten wir erraten, was vor sich ging? Oder war es noch gar nicht so weit?

Heute weiß ich: Eine Botschaft ging nach Houston, Texas[14]: „The eagle has landed." Das Landemodul hieß Eagle, also Adler[15] und nicht Igel, wie wir aufgrund des Wortklangs vermuteten. Im Eagle befanden sich Neil Armstrong als Kapitän und Edwin „Buzz" Aldrin als Ko-Pilot. Zwanzig Jahre später erlebte ich ihn in Feucht bei der Herman-Oberth-Gesellschaft. Es beeindruckte mich, dass er auf dem Mond war, aber es stieß mich ab, wie platt und kritiklos er weitere Weltraummissionen forderte. Als ob wir auf der Erde nicht eine Menge Probleme zu lösen hätten und einige, die von der Raumfahrt mit verursacht waren, wie die Zerstörung der Atmosphäre.

---

[14] Das ist die Hochkultur, die bis heute die steinzeitliche Todesstrafe durchführt.
[15] Wie die erste deutsche Dampflokomotive, die in Nürnberg-Gostenhof startete.

Wir zogen wieder ab in die Zimmer, als die deutschen Moderatoren erklärten, man müsse nun erst lange den Ausstieg vorbereiten. Dann wurden wir wieder geholt.

„Da!" der Onkel zeigte hin: „Das ist ein Bein von der Landefähre. Das wurde ausgefahren und steht nun im Mondstaub."

Ruckartig bewegte sich etwas ziemlich helles. „Ist das der Schuh vom Armstrong!" fragte jemand. Die Kamera, die außen an der Kapsel angebracht war, filmte offenbar die Landestütze des Eagle entlang zum Mondboden.

Jetzt waren wir aufgeregt. Würden wir sehen, wie der Schuh auf den Mond kam?

„Siehst du, wie es staubt?" Wir sahen nichts, weil alles wie Staub aussah. Aber irgendwie schien es zu klappen. Die Familie jubelte. Irgendwas murmelte aus den Lautsprechern. Vermutlich hörten wir damals: „That's one *small step* for (a) *man*, one giant *leap for mankind.*" Das war die Botschaft für die Erde.

"Wir sind auf dem Mond!" Mit gutem fränkischem Bier prosteten sich die Erwachsenen zu. Tante Irmgard holte vom Kühlschrank den Sekt. Die Erwachsenen ließen Sektkorken knallen, was mich beeindruckte: Das ist wie an Silvester. Dann gossen sie sich ein und prosteten sich zu auf den „ersten Mann im Mond!". Wir haben es geschafft! Wer auch immer „Wir" waren... Immerhin wurde zehn Jahre später Sybille US-Amerikanerin... Ein neues Zeitalter war angebrochen. Im „Kalten Krieg" hatten die Amis gegen die Sowjets gesiegt, der Westen gegen den Osten.

Die Erwachsenen prosteten sich zu. Mir war nicht klar, dass seit dem Ende des Weltkrieges und der Zerstörung ihrer Heimatstadt gerade erst mal 24 Jahre vergangen waren.

Aber es war klar: „Wir" sind auf dem Mond gelandet.

Armstrong steckte in einem klobigen Anzug, gut geschützt gegen Druck, Hitze und Kälte versorgt mit Sauerstoff wie ein Taucher. Freilich fanden wir diese flimmernden Bilder, denen wenig zu entnehmen war, mit der Zeit langweilig und die Gespräche im Fernsehen noch öder, also stiegen wir ein halbes Stockwerk hinunter in die Kinderzimmer, spielten und pennten irgendwann auch ein.

11 Das rauchende Klassenzimmer

Ab der Konfirmation hatte ich ein tragbares Tonbandgerät. Damit stürzte ich mich in die neue Welt des Rock und Pop. Creedence Clearwater Revival, Tommy Roe, Hollies und Beatles wie Stones.

Ich besuchte als stolzer Lateinschüler das Conrad-Celtis-Gymnasium, das neben der Dr.-Knüpfer-Klinik stand, in der ich geboren wurde. Eines Tages nahm ich das Gerät mit in die Schule, um eine Stunde aufzunehmen. Das erwies sich als langweilig. Mit der Zeit vergaß ich das Gerät. Spannender war die Pause, in der Oliver, der ein ziemlicher Feger war, uns herausfordernd zusammengeknülltes Aluminiumpapier vor die Nase hielt: „Schaut mal!" Na und?

„Tja!" Er setzte sein überlegenes Lächeln auf. Dann wickelte er das Papier auseinander. Innen drin war grauer Staub. Wir schauten fragend. Er gab sich als Kenner: „Das ist Schwarzpulver!" Okay, es war grau, aber was soll's. Dann bereitete er uns auf eine Demonstration vor: Er riss etwas von dem Papier ab und tat Pulver darauf. Dann zündete er ein Streichholz an und damit das Pulver: Das knallte und rauchte. Wir waren beeindruckt. Leider ging die Glocke zum Pausenende. Schnell verstaute er alles – es gab zwischen allen Stunden immer 5 Minuten Pause, wohl zum Zimmerwechsel. Schließlich erschien die Lehrerin, Fräulein Steichele.

Fräulein Steichele hatten wir in Englisch. Ich mochte sie nicht besonders, weil sie wirklich ein bisschen stachelig wirkte. Aber ihre irisierenden Nylonstrümpfe fand ich geil.

Während ich noch ihre Beine bewunderte, gab es einen riesigen Knall. Frau Steichele schrie: Raus raus! Wir stürzten raus. Das Zimmer war voller Qualm.

Was war passiert? Olivers Schultasche rauchte. Als er sein Schwarzpulver schnell in die Alufolie verpackte, achtete er nicht darauf, dass noch glimmendes Pulver dabei war. Das brodelte wohl still vor sich hin und ging dann mitten in der Stunde los. Ich habe es aufgenommen, weiß aber nicht mehr, auf welchem der zig Bänder…

Eine Untersuchung ergab die Ursache und die Lehrerin mit Rückendeckung des Direktors war so aufgebracht, dass die ganze Klasse bestraft wurde. Das fanden wir ungerecht. Andererseits ist eine Explosion in der Klasse auch was ganz heftiges. Oliver blieb dann auch nicht mehr lange an der Schule... Das lag freilich an seiner schulischen Entwicklung.

12 Abenteuer auf Burg Rieneck

Eine meiner besten Geschichten!

Nach meiner Konfirmation 1969 war ich Kindergottesdiensthelfer. Da bot es sich an, dass der Pfarrer Johannes Thomas oder in diesem Falle die Vikarin, Frau Platzer, uns als Begleiter für die Konfirmandenfreizeit auf Burg Rieneck mitnahm. Bei uns männlichen Begleitern war natürlich Wolfgang dabei, Klausi und Günther. Ich vermute, es gab noch ein paar andere. Auf alle Fälle lernte ich dort den Stones-Sampler Big Hits kennen und stand gleich auf Street-fighting-man.

Die Burg verfügt über einen großen Burghof. Männliche und weibliche Begleiter wurden in benachbarten Trakts untergebracht, wobei die Verbindungstür verschlossen war und die Vikarin auch dort ihr Zimmer hatte, quasi als Wache. Einige Zeit saß sie sogar als Wache auf einem Stuhl neben ihrer Tür. Über den Hof hätte man gehen können, wenn dort nicht nachts scharfe Hunde gewesen wären, die Einbrecher abhalten sollten. Es war dunkel, es war still, wir wollten zu den Mädchen, aber was sollten wir machen?

So legten wir unsere Rolling-Stones-LP, Big Hits mit Street-Fighting-Man auf, als wir etwas hörten. Wir öffneten das Fenster zur Außenmauer: Tatsächlich, zwei Zimmer links von uns blickten Mädchen frech aus dem Fenster. Das konnte Klara sein, Carmen, Christl oder Angelika: „Na, Jungs, wie geht's euch denn?" „Naja, naso..." „Wollt ihr nicht mal rüberkommen?" „Ja, aber wie denn?" Ja, wie? Mitten in der Nacht und mit bissigen Schäferhunden im Hof und einer bissigen Vikarin bei verschlossener Tür?

Klara: „Klar! Ihr braucht doch nur aus eurem Fenster klettern und bei uns wieder hoch!" Geile Idee!

Wir schauten uns an: „Das könnten wir doch eigentlich machen." Wir zogen also bei unseren Betten die Laken von den Matratzen ab und knüpften einige aneinander. Wir machten ein Ende am Fensterkreuz fest von unserem Fenster. Die Laken reichten bis fast runter auf den Boden vor der Burg.

Abenteuerlustig hangelten wir uns dran runter. Unten stützte ich mich mit den Füßen auf Rosenleitern ab. Es knackte: O, das Holz ist dünn. Gleich kracht es. Da konnte ich nicht richtig drauftreten. So sprang ich am Schluss hinunter in den Vorgarten. Dass ich mich das traute, wundert mich.

Derweil hatten die Mädchen ebenfalls ihre Laken verbunden und hinausgehängt. Wir kletterten hoch, nacheinander: Der Wolfgang, der Günther, der Klaus und ich. Doch kaum waren wir oben, hörten wir verdächtige Geräusche und verkrochen uns, teils in die Betten der Mädchen, teils in den Schrank.

In meinem Versteck hörte ich die ärgerliche Stimme der Vikarin: „Was soll das? Was ist denn bei euch los? Ich habe eben Stimmen gehört! Wo sind die Jungen?!" Sie rief uns: „Jungens, kommt raus!" Die Bettdecken waren schnell abgedeckt: „Wolfgang raus!" „Günther raus" Sie öffnete eine Schranktüre: „Klaus! Raus!" und noch eine Schranktür: „Volker! Dass du hier mitmachst! Das hätte ich nie von dir geglaubt!" Ich war auch zerknirscht.

Sie baute sich vor uns auf: „Wie seid ihr hereinkommen?"

„Wir sind geklettert!"

„Dann klettert ihr jetzt eben wieder zurück!"

Klausi ging zum Fenster und begab sich auf den Weg nach unten. Dann kam ich: „O, ich trau mich nicht! Ich hab Angst!"

„Du hast es vorhin doch auch geschafft!"

„Aber jetzt hab ich Angst…"

Ich zitterte.

„Ja, dann eben nicht!"

Sie hatte wohl auch Bammel, falls etwas passieren würde: „Dann bleibt ihr eben heute Nacht im Nebenzimmer. Da bleibt ihr drin und morgen denk ich über eine Strafe nach!"

Sie lotste uns in ein Nebenzimmer, wo leere Betten waren. Dann gab es eine Standpauke. Schließlich zog sie sich zurück. In ihrem Nachthemd sah sie aus wie eine germanische Kriegsgöttin bei Wagner…

Wir waren still. Sie war schon geraume Zeit gegangen, als wir etwas hörten. Die Zimmertür öffnete sich und… das Gesicht von Carmen erschien, grinsend, Geli und Klärchen folgten. Wir plauderten noch ein bisschen ganz verboten. Das fanden wir spannend. Aber dann siegte doch die Müdigkeit. Die Mädchen zogen sich zurück und auch wir schliefen bald den sanften Schlaf des Ungerechten.

Der Krach am nächsten Tag war zwar ziemlich deutlich: „So geht es nicht!" „Wie könnt ihr nur!" „Das ist doch unerhört!" „Wie unverschämt seid ihr gewesen!" „Eure Eltern werden davon erfahren! Da könnt ihr was erleben!" „So was will ich nicht mehr erleben!"

Das letzte klang schon nach Entspannung, denn es würde offenbar eine Zukunft geben. Sie beließ es bei Drohungen hinsichtlich heimschicken und wir sollten auch wirklich brav sein. Und ab da waren wir auch wirklich ganz ganz brav – der Wolfgang, der Klausi, der Günther und der Volker.

12.1 Das Auferstehungskirchengemeindefest

Oje, die arme Frau hatte es nicht leicht mit uns. Das erlebte sie dann im Sommer. Beim Gemeindefest der Auferstehungskirche am Bergl veranstalteten wir diverse Spiele. Die Gemeindeband „The Dreams" spielte Hits wie „Bad moon rising" und deren Verwandtschaft klopfte sich auf die Schenkel als wäre es Volksmusik. Tatsächlich ist aus Sicht von uns Schlagzeugern "Bad moon rising" eine Polka.

Gerhard und Wolfgang wetteiferten beim Sackhüpfen, und Eier-Laufen gab es auch.

Wir stellten unsere Limos auf einem Biertisch ab und entdeckten dabei Frau Platzers Schlüsselbund. Grinsend nahmen wir ihn heimlich weg. Das vergaßen wir dann allerdings auch und bescherten ihr so ein unvergessliches Erlebnis. Denn den Verlust bemerkte sie erst, als sie in ihre Wohnung wollte. Verzweifelt klingelte sie spät in der Nacht bei ihren etwas pingeligen Vermietern im selben Haus. Das war ihr echt peinlich und sie war zu Recht sauer, auch am nächsten Mittwoch bei der Kindergottesdienstvorbereitung. Da zogen wir die Köpfe ein.

Gerhard und Wolfgang beim Sackhüpfen

Den Schlüssel bekam sie natürlich schon vorher. Ich glaube, es war sogar ich, der ihn letztlich eingesteckt hatte und bei sich wieder fand. Meine Mutter konnte es nicht fassen, entschuldigte sich vielmals und erklärte mir hintergrundreich, wie hart es für Frau Platzer war, wie peinlich und ärgerlich.

Wie soll ich meinen Söhnen je erklären, wie sie sich zu verhalten haben, wenn der Vater solche Geschichten machte?

12.2 Sehr schülerisch: Lehrerpsychologie 1968

schüler untersuchen die lehrer
artikel von volker schoßwald
und klaus fenkner   schuljahr
(1968/69

Die Lehrerpsychologie entstand in enger Zusammenarbeit mit
meinem Freund Klaus Fenkner.Sie ist auf unsere damals acht=
jährige Erfahrung mit Lehrern,Lehrmethoden und Schülern auf=
gebaut.in dieser neuüberarbeiteten Auflage sind die Namen
der Lehrer nicht aufgeführt.
Volker Schoßwald

Die Lehrer sind zwar auch nur Menschen,aber trotzdem müßten
sie sich besser beherrschen können.Besonders kleinen Schülern
gegenüber sollten sie sich nicht so aufspielen,denn wir Schü=
l er können uns nicht wehren,ohne Gefahr zu laufen,eine Schul=
strafe zu empfangen.Wenn sich die Lehrer beherrschen,wird
auch von Seiten der Schüler dies belohnt.Bei Schulaufgaben
ist dies besonders wichtig,da sonst die gesamten Schüler ge=
stört werden.
 Wenn der Lehrer am Katheder steht,sollen die Schüler ruhig
sein und ihn fixieren.Aber wenn der Schüler auf dem Katheder
steht,hat der Lehrer die Futterklappe zu schließen und aus
dem Fenster,nicht auf die Mädchen,zu sehen.
 Kleine Späße sollten die Lehrer durchgehen lassen.Z.B. sind
Kina-kracher durchaus nicht lebensgefährlich,noch dazu wenn sie
von solch fachmännischer Hand gezündet werden.
   ACHTUNG!An Schüler mit Zukunftsplänen.Stink-,Tränengas,
und ect.-Bomben werden mit Direxverweisen bestraft.
 Einige Regeln aus dem Schulleben:
Lehrer haben Schüler zu grüßen und umgekehrt.
Die 'anderen Klassen' sind immer besser.In den Augen des
mLehrers auf jeden Fall.Doch die Schüler sehens anders!
Aber auch bei Lehrern muß man das Alter achten.
Lehrer!Vergesst die Demokratie nicht!!!

Bei Lehrern und Schülern gilt oft der erste Eindruck lange.
Doch diese Einstellung schadet oft sehr und man sollte sich
bald ein neues Bild machen.

Die Lehrer wissen oft nicht, das die Faulheit eines Schüler
auf die eigene Strenge zurückzuführen ist. Die betreffenden Lehr=
kräfte sollten sich daran halten und dies berücksichtigen.
Ein Lehrer ohne Schüler ist arbeitslos, ein Schüler mit Lehrern
überarbeitet sich. Doch welcher Lehrer dankt den Schülern, daß
sie ihm Arbeit geben????

Viele Lehrer haben Haare auf den Zähnen. Besonders im Lehrer=
zimmer. Außerdem sind sie schamlos ....im Sitzenlassen.

Alles tut ihnen leid, aber sie können nichts dagegen machen,
so leid es ihnen tut.

Lehrer brauchen Fans. Was ist ein Lehrer ohne Fans? Ein 1971er
Mainleitewein, der 1970 getrunken wird.

Regeln aus dem Schulleben (2)

Lehrer reagieren blitzartig mit Strafen!

Lehrer sollten die Schüler nicht fressen, besonders weibliche
Lehrkräfte sollten trotz ihrer größenwahnsinnigen Einstellung
männlichen Schulzöglingen gegenüber zurückhaltender sein.

Lehrer sind rechtsextrem, Schüler auch, manche auf alle Fälle.

Lehrer pflegen immer recht zu haben. Bei Widersprüchen glotzen
sie manchmal uns mit blutunterlaufenen Augen an. und brüllen
wie Tiere, und nicht wie Homines sapientes.

Die Teacher sind Schülerprofies.

Verhaltensregel: Lehrer lieb=Schüler lieb. Der Kehrsatz ist
auch wahr."Gleich und Gleich.........."

Sie sind im Grund genommen gar nicht bös,
doch sehr nervös, ich glaub, sie haben Lampenfieber.

Sie sind auf Verweise wild.(Unterschriftensammlung, Arbeits=
mangel).

Bei Verweismangel hat der Lehrer andere Hobbies. Beim Auswen=
diglernen liegt die Schwierigkeit in der Unterrichtsgestaltung.

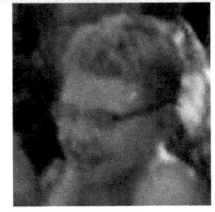

13 Volle Pubertät 1970

13.1 Kindergottesdiensthelferkreis

Nach der Konfirmation wurde ich also Kindergottesdiensthelfer. Eine wichtige Arbeit, da sonntags 60 bis 70 Kinder in den Gottesdienst kamen, die in je zwei Alters- und Geschlechtsgruppen aufgeteilt wurden. Wir waren für die älteren Jungen zuständig. Diese Arbeit machte ich bis zum Ende des Studiums auch in Uffenheim und Tübingen.

Das erste Treffen am Mittwochabend nach der Konfirmation war für mich spannend: Wer ist wohl dabei? Klärchen und Christl, das wußte ich. Carmen kannte ich noch nicht. Dann tauchte noch Klausi auf, und Günther, Wolfgang und Angelika. Die Leitung hatte die Vikarin, Frau Platzer.

Die älteren Frauen (Christl, Klärchen) schlugen welterfahren am Schluss, als wir uns vor der Kirche noch unterhielten, vor, noch was trinken zu gehen. Ich vermute, es gab Limo und wir liefen zum Hochhaus, um uns dort unterzustellen. Später griffen wir auf Erdbeersekt zurück und manche holten sich auch beim „Wienerwald" ein Hähnchen. In dem tollen Hochhaus konnten wir auch gemütlich Aufzugfahren, mit einem Hähnchenschlegel in der Hand.

Derweil war Krisenstimmung im Hause Schoßwald: Wo bleibt Volker? Er müsste längst zu Hause sein. Bei Kaatschens wusste man auch nicht Bescheid; die Vikarin hätte auch nichts sagen können. Endlich trudelten wir ein. Es gab einen Riesenkrach. Ich wurde ziemlich zusammengestaucht. Für meine hysterisch akzentuierte Mutter war ich immerhin das erste Kind in so einem Alter.

13.1.1 Kein sinkender Petrus am Ellertshäuser See

Brief an Mutti 28.7.70:

Ferien. Das sagt alles. Ich habe bereits dem Malen einen Nachmittag bei Johannes gewidmet. Wir ölten je 2 Bilder... von 11-17.30 Uhr. ... Am Freitagabend machten wir mit KGH, Frl. Vikarin Plazer, Herrn Pfarrer, Vati und Ekke einen Lagerfeuerabend am Ellertshäusersee. Wir mieteten 3 Paddelboote und ein Ruderboot. Mausi (Klaus), Wolfgang und ich kaperten schwimmend Herrn Dr. Thomas Boot (Ruderboot). Dann erledigten wir nach und nach fast alle Boote. Alle männlichen Teilnehmer hatten Badehosen an. Die Mädchen waren angezogen. Dagmar und Gisela waren am

Schluß so naß, daß sie mit Kleidern ins Wasser sprangen. Abends gab es Bratwürste vom Rost und am Stecken. Montag waren wir zu Hansis Geburtstag bei Kaatschens. ...

13.1.2 Witzige Zeitung von Vati 28. Juli 1970

Vati bastelte für seine abwesende Frau, die ihre Eltern in Heppenheim nach einem Beinbruch bei der Rekonvaleszenz unterstützte - eine rasante „Zeitung" mit verschiedenen Meldungen auf 4 DinA4-Seiten.

(Verantwortlicher Redakteur: Hossi Schelmut) Die Artikel geben nicht unbedingt die Meinung der Leser kund!

„*In einer Pressekonferenz am gestrigen Montag gab der Verkaufs-Werbe-Direktor Karlheinz von Angler in der Kreuz-Milch-Stube die Gewinne des großen TUCHER-BRÄU-PREISAUSSCHREIBENS 1970 bekannt. Zur allgemeinen Überraschung der aus nah und fern herbeigeeilten Teilnehmer fehlte die Hauptgewinnerin Frau Barbara Schoßwald, Schweinfurt, Mechwartstr. 24. Überglücklich war indessen der Ehemann, der den Hauptgewinne von 6 (sex) Flaschen Original-Tucher-Pils, strahlend in Empfang nahm. Wie er in einem Kurzinterview mit der DEUTSCHEN PRESSE AGENTUR ausführte, wird er künftig statt des Morgenkaffees bieren. Gesundheitliche Bedenken bestünden bei seinem Normalgewicht nicht. Außerdem hätten schon die Germanen den Met allen anderen Getränken vorgezogen – nach einer ersten mütterlich bedingten Milchepoche. Im Übrigen seien wir beim Kaffee auch beim Bier das Malz und das berühmte H²O die Hauptsubstanzen. Ferner sei er Nachtarbeiter, so daß ein Morgentrunk nicht schaden könne. Und überhaupt sei er STROHWITWER. Diese Bemerkung verursachte in weiblichen Kreisen gewisse Bewegungen. Wir werden künftig davon berichten.*"[16]

„*Olympiahoffnung entdeckt! Ellertshausen / Ufr: Am gestrigen Freitagabend wurde in den Fluten des Ellertshäuser Sees Deutschlands neue Olympiahoffnung entdeckt. Bei einem ersten Versuch auf der Olympischen Strecke durchschwamm der erst elfjährige Ekkehart Schoßwald aus Schweinfurt den gesamten See in Süd-Nord-Richtung. Seine unerwartet starke Kondition führt der junge Schwimmer auf seine spartanische Lebensweise (vorwiegend Rührei und Grill-Bratwurst) zurück.*"

Seine Zeitung beschließt er mit:

---

[16] Herr Angler betrieb in der Kreuzstraße seinen Milchladen.

„Endlich: Gleichberechtigte MÄNNER. Die UNIVERSITÄT WÜRZBURG gibt bekannt: Der großangelegte Versuch – wissenschaftlich begleitet von einem erfahrenen Team sachkundiger Nachbarinnen – drei Männer ohne weibliche Assistenz einige Zeit leben zu lassen, verspricht erfolgreich zu verlaufen. Als erstes Ergebnis ist bereits eindeutig festzustellen: Mehr Hühner als früher nötig – Eierverbrauch steigt."

13.2 Nächtliche Diebestour 1970

Wenn wir als Jugendliche etwas unternehmen wollten, schnappten wir uns die Räder und düsten los. Diesmal fuhren wir zur „Schonunger Bucht" am Main. Wir konnten dort baden und zelten. Wir waren fünf Jungs. Einer hatte sogar Boxhandschuhe, rote Boxhandschuhe dabei, so dass es kleine Kämpfe gab. Ich wollte das nicht gerade... Natürlich kam das Nass-Spritzen nicht zu kurz. Eines Abends machte jemand einen Vorschlag: „Wir könnten heute Nacht mal nach Oberndorf radeln." Oberndorf lag am anderen Ende von Schweinfurt, ebenfalls am Main. Alle jubelten: „Klasse!"

Nachts. Mit dem Rad! Durch Schweinfurt!! Durch dunkle Gassen!!! Das klang abenteuerlich. Selbstverständlich waren die Räder verkehrssicher und wir fanden unsern Weg. Dann erreichten wir Oberndorf. Aber was sollten wir dort? Irgendwas mussten wir doch machen, damit das Ziel einen Sinn ergab. Da brodelte aus dem Nachdenken eine freche Idee: „Schaut mal: ein toller Biergarten." Stimmt! „Seht ihr die Birnen da oben?" Zwischen den Bäumen waren Glühbirnen aufgehängt, die abends bunt strahlten. Jetzt waren sie natürlich aus.

Wir schlichen hin durch das offene Türchen über den Kies. Ich bibberte ein bisschen. Denn inzwischen verstand ich: Wir schnappen uns ein paar Birnen. Birnenklauen? Das kannte ich, aber nicht bei Glühbirnen. Freilich: Ich war dabei und machte also mit. Würde uns die Polizei schnappen? Müssten wir ins Gefängnis?

„Angsthase!"

„Es ist doch niemand da. Komm, wir schrauben sie raus!"

„Los, steig auf den Stuhl, dann kommst du hin!"

Die Stühle standen im Kies und wackelten, aber jeder erklomm einen und versuchte, eine Birne herauszuschrauben. Wenn's die „Früchte" zu hoch hingen, mussten wir auf einen Tisch steigen. Unsicher schraubte ich eine bunte Birne heraus, steckte sie in die Hosentasche und stieg vom Tisch. Jetzt mussten wir aber schnell abdüsen, denn es könnte ja immer noch jemand kommen.

Wieder ging's durch die nächtliche Stadt, über die Brücke, den Main entlang bis zur Schonunger Bucht. Dort wartete unser Zelt. Schnell verschwanden wir darin. Wir fanden es spannend und ich war froh, unbeschadet aus dem Abenteuer gekommen zu sein. Freilich nicht ganz unbeschadet. Denn jetzt war ich ein Dieb. Das klang nicht gut.

Was passierte am nächsten Tag? Nachmittags, wir räkelten uns voll entspannt in der Sonne, erschien in unserem Blickfeld die - - - Polizei. Ja wirklich, die Polizei!

Auweia! Irgendjemand hatte uns beobachtet. Jetzt kommen sie, durchsuchen unser Zelt, finden die Birnen und verhaften uns.

„Nix wie weg!" flüsterte einer. Vorsichtig, um nicht aufzufallen, schlenderten wir hinter das Zelt, dann zu den Büschen und flugs waren wir weg. Wir warteten lange in unserem Versteck. Dann wagten wir uns wieder Richtung Zeltplatz. Das Polizeiauto war verschwunden. Vorsichtig näherten wir uns unserem Zelt: Nein, das hatte niemand betreten. Und eine kurze Untersuchung ergab: Auch die Birnen waren noch da.

Offenbar waren sie doch nicht hinter uns her. Aber ich war völlig durcheinander und wurde erst klarer, als mir klarer wurde: So was machst du nicht wieder!

Zu meinem 60. Geburtstag, den wir gemeinsam im St. Georgs-Biergarten in Buttenheim feierten, schenkte mir mein Freund Wolfgang eine blaue Birne, ein Original von damals. Die halte ich in Ehren.

13.3 Brille und Küsse: AWO Freizeit Göttingen 1970

Ich durfte als Betreuer auf eine Kinderfreizeit der Arbeiterwohlfahrt mitfahren. So richtig wie ein Betreuer kam ich mir noch gar nicht vor.

In Göttingen wohnten wir in einer Art Jugendherberge. Auch wir Betreuer schliefen in Stockbetten. Dort lernte ich „Blowin in the wind" mit Text und vor allem Akkorden. Ich lernte es in A-Dur und A griff ich nur mit Mittel- und Ringfinger, dafür D mit Zeige- und Mittelfinger. Das reichte mir für die nächsten Jahre. Bob Dylan sah ich erst Jahrzehnte später, erst in Nürnberg mit Martin, dann in Bamberg mit Wolfgang.

An einem Abend wanderten wir zum Bismarckturm, den ich schon als Turm spannend fand.

Tagsüber erkundeten wir Göttingen. Immer wieder achtete ich, meiner verantwortlichen Position gerecht werdend, auf die Gruppe und blickte mich um. Dummerweise übersah ich bei dieser Bewegung einen Laternenpfahl: „Aua!"

Ich schaute verdutzt. Offenbar war ich gegen den Pfahl geprallt. Mein Kopf war weniger das Problem als die Brille, die verbogen war.

„Was mache ich jetzt? Die Brille sitzt schief! Damit kann ich nur schielen!"

„Kein Problem! Da drüben ist ein Optiker. Da gehst du jetzt rein."

Es war mir etwas peinlich, in diesem Brillengeschäft mein Missgeschick zu beichten. Doch der freundliche Optiker richtete die Brille. Sie passte wieder hervorragend und war noch klarer als vorher.

„Was kostet das?" fragte ich ängstlich und rechnete mit einem horrenden Betrag. Doch der Mann lächelte nur freundlich: „Nichts! Das ist unser Service!" Ich war erleichtert und fand es echt gut.

Gegen Ende gab es eine „Party". Das war damals der absolute Renner. Eigentlich hatte ich mir ein recht sprödes Mädchen zur Verehrung auserkoren, aber dann tanzte ein kleines, ziemlich hübsches Mädchen mit mir. Ich wollte der, die nichts von meiner Verehrung wusste nicht untreu werden, und spürte die Tränen meiner Tänzerin auf meiner Haut. Erst sage und schreibe fünf Jahrzehnte später realisierte ich: Das waren keine Tränen, das waren sanfte Küsse. In der Tat war das Mädchen, die zu den „zu Betreuenden" gehörte, weiter als ich, was jugendliche Beziehungen betraf. Ich war einfach zu doof und die Ideale meiner Eltern zu bremsend.

13.4 Diebstahl 1971

Von meinen Freunden war Johannes sicher der Problematischste. Wir lernten uns über die Schule kennen, weil wir nicht nur in dieselbe Klasse gingen, sondern auch am Wahlzeichnen teilnahmen. Durch die Kunst hatten wir eine enge Beziehung, die sich nicht nur dadurch ausdrückte, das wir bei der Pause im Schreibmaschinenunterricht Likör tranken, sondern uns auch so über Mädchen unterhielten, dass dies unsere Sprachwahl für die 9. Klasse bestimmte: „Griechisch" wie die beiden Mädchen. Er war immer sehr forsch.

Zu meiner Konfirmation bekam ich zwar ein tolles Tonbandgerät, aber der Unterhalt war teuer: ich musste ja irgendwie die Tonbänder kaufen. Da war das Taschengeld dann knapp – und die Musikindustrie produzierte immer mehr neue Hits, so dass ich weiter aufnehmen musste. Außerdem machte ich beispielsweise für die Gustav-Adolf-Kirche eine Umfrage zur Kirchlichkeit. Auch dafür war ein Band nötig. Bänder! Woher nehmen wenn nicht stehlen?!

Als ich wieder einmal Johannes mein Herz ausschüttete, meinte er: „Kein Problem!" „Wieso kein Problem?" „Na, da gehen wir doch einfach in den Horten[17] und da holen wir uns was." „Aber ich hab doch kein Geld!" „Aber das ist doch kein Problem!" „Ja, was willst du denn da machen?" „Na, da hol ich mir doch eins."

Wir gingen also gemeinsam in den Horten und ich hatte keine Ahnung, wie er das bewerkstelligen wollte. Doch vor Ort wurde mir schnell klar, was er machen wollte: Stanzen. So nannten wir es, wenn Jugendliche klauten. Stehlen wäre richtig gewesen und so sah ich es auch. Mitnehmen ohne zu bezahlen.

Natürlich durfte einen niemand dabei sehen. Das lief jetzt leider blöd. Wir waren in der Tondbandabteilung und ich zeigte ihm, welche Bänder ich brauchte. Aber da sagte er: „Ja, ich sehe. Aber schau mal: Da drüben steht ein Ladendetektiv und schaut herüber. Der darf uns natürlich nicht erwischen." Ich versuchte,

---

[17] Damals das größte moderne Kaufhaus am Platz mit beindruckender Fassade.

unauffällig hinzuschauen und tatsächlich beäugte uns ein Mann ganz misstrauisch.

Johannes meinte: „Dann schauen wir uns doch ganz unauffällig woanders um." So schauten wir uns ganz unauffällig woanders um. Dann meinte er: „Es hat doch wohl keinen Sinn. Gehen wir lieber wieder raus." Also gingen wir wieder raus. Draußen sagte ich: „Dumm gelaufen. Aber eigentlich bin ich doch ganz froh. Ich wollte doch gar nicht, das was gestohlen wird." Er meinte: „Du, was? Du wolltest doch ein Tonband haben..." Da sagte ich: „Ja, schon, aber..." Er: „Und? Willste jetzt das Tonband ham oder ned?" „Ja", sagte ich. „Na, da schau her. Da isses."

Da hatte er tatsächlich, obwohl der Detektiv zuschaute und obwohl ich dabei war, immer so getan, als würde er gar nichts nehmen und hatte es heimlich eingesteckt. Dann gab er mir ein Tonband. Selbstverständlich wollte ich es ihm bezahlen, denn er hatte sich doch die Arbeit gemacht und gestohlen... Aber er winkte nur lässig ab: „Unter Freunden!" War das von ihm jetzt eine gute Tat oder eine böse Tat? So kompliziert kann Ethik sein[18].

13.5 Volker und die Bierflasche ca. 1970

Ich war irgendetwas zwischen 12 und 16 und in Schweinfurt wurde mit der Familie etwas gefeiert. Die Männer saßen um den Couchtisch. Onkel Karl und Onkel Heinz waren dabei. Die Erwachsenen waren bester Stimmung, aßen ihre würzige Wurst und ihr deftiges Brot. Natürlich tranken sie fränkisches Bier. Ich kam durch die Tür aus dem Flur ins Zimmer, da rief mein Vater: „Da, Volker, fang!" Er warf mir eine Flasche Bier zu. Er schockte sie, damit ich sie fangen konnte. Ich stand in der Tür und sagte „Nein". Die Flasche war aber schon unterwegs. Ich blieb nur wie angewurzelt stehen. Die Flasche kam näher und näher und näher, ganz ganz schnell. Sie flog in einem Bogen und immer tiefer. Dann zerschellte sie am Boden. Das Bier ergoss sich über das Parkett. Nur weil Volker „Nein" sagte und auch „Nein" machte. Mein Vater war sauer. Das kann man sich vorstellen.

Doch als die Flasche am Boden war, konnte ich nicht einfach sagen: „Ja, ich fange sie." Es gibt definitiv ein „Zu spät" und es gibt auch falsche Einschätzungen der Situation.

---

[18] Unsere Väter kannten sich über ihren Beruf als Volksschullehrer und vom Faustball.

13.6 Radunfall in der Luitpoldstraße (ca. 1970)

13.6.1 Vorgeschichte: Räder

Mein erstes Rad war ein großes Kinderfahrrad, blau und gebraucht. Mutti verfügte über ein stakseliges Frauenfahrrad, mit dem sie schon als junge Frau durch den Thüringer Wald gefahren war, ohne Rücktrittbremse, nur mit einer Bremse am Vorderrad, die oben auf den Reifen drückte. Vati hatte als Schweinfurter ein gediegenes Dreigang-Rad. Schließlich war die Dreigangschaltung in Schweinfurt erfunden worden. Das Rad war sein primäres Fortbewegungsmittel, auch zur Schule. Als ich klein war, machte er vorne auf die Stange einen Kindersitz für mich. Als Gitte dazu kam, montierte er hinten einen zweiten Sitz. Dabei sorgte er dafür, dass die Füßchen einen Halt bekamen, damit sie nicht in die Speichen kamen.

Fahrradfahren lernte ich bald und ich freute mich, damit so schnell zu sein. Aber dann kam ein großes Mädchen aus der Nachbarschaft, das nicht wirklich zu uns gehörte und lachte mich aus: „Hähä, so ein kleines Fahrrad. Das ist doch nicht schnell!" Ich wollte es ihr zeigen und raste los. Sie aber rannte hinter mir her, holte mich ein und überholte mich. Dann lachte sie hämisch: „Siehst du?" Da war ich vielleicht sauer.

Als ich zehn oder elf war, bekam ich ein nagelneues Fahrrad. Es hatte sogar einen Rückspiegel. Der hielt freilich nicht ewig, weil das Rad mal umfiel und er zersprang. Nun erweiterte sich mein Aktionsradius: Oberdorf, Marktplatz, Niederwerrn... Später Volkach mit der Mainschleife, Kehl und Frankfurt und letztlich das Allgäu. Aber bis dahin floss noch ein bisschen Wasser den Main hinab.

13.6.2 Unfall

Günther und ich wollten in die Stadt radeln. Das war unglaublich viel schneller als zu Fuß. Ziel konnte der Marktplatz sein mit dem beeindruckenden „Standbild" des langmähnigen Dichters Friedrich Rückert. Aufregender war jedoch die Konditorei in der engen Keßlergasse, in der wir „Bruch" kaufen konnten. Da gab es in einer spitzen Papiertüte Kuchenstückchen, Plätzchen und dergleichen, die bei der Herstellung zerbrochen waren. Das war billig, lecker und bot Überraschungen: Schokolade, bunte Streusel, Creme.

Aber so weit waren wir noch nicht. Die Bahnhofstraße ging es am Kufi entlang, dann bogen wir in die Luitpoldstraße ein. Am Eck war die Avia-Tankstelle und ich war stolz darauf, den Namen mit „Großmutter" aus dem Lateinischen übersetzen zu können. Am Arbeitsamt war eine Ampel, dann ging es Richtung Gericht,

Günther fuhr vor mir und… Ich konnte es genau sehen, es prägte sich wie eine Zeitlupe ein: Plötzlich ging direkt vor Günter die Fahrertür eines Autos auf. Noch bevor jemand aussteigen konnte, prallte Günther ungebremst gegen die Tür. Kopfüber flog er über die Lenkstange seines Fahrrads, stürzte auf die Straße, rollte ein paar Meter und blieb dann liegen. Ich stieg voll in die Bremse und kam rechtzeitig zum Stehen.

„Günther!"

„Junge!" Nicht nur ich, auch der Autofahrer war entsetzt.

Der Fahrer und ich gingen auf den liegenden Günther zu. Da schaute mein Freund hoch. Er guckte etwas dumm. Was war denn passiert? Alles ging so schnell, dass er es gar nicht fassen konnte. Eben fuhr er noch Rad, plötzlich lag er am Boden!

„Ist dir was passiert? Tut es dir weh?" überschlug sich der Fahrer aufgeregt mit Fragen.

Günther schüttelte den Kopf und das schien seinen Kopf nicht zu schmerzen: „Nee, alles Okee!"

Nachdem der Autofahrer sicher war, dass Günther in Ordnung war, stieg er wieder ein und fuhr los. Günthers Rad hatte keinen Schaden genommen. Wir rekapitulierten kurz das Geschehen und Günther meinte ganz stolz: „Hast du gesehen, wie ich mich abgerollt habe?" Ja, das hatte ich gesehen und nun konnten wir ein Abenteuer erzählen, nicht ohne uns durch „Bruch" gestärkt zu haben. Bei Günther ging zum Glück nichts zu Bruch...

13.7 Heufahrt ins Allgäu 1971

„Wir müssen auch mal selber was unternehmen, nicht nur immer mit den Eltern…" Von Wolfgang kam 1971 diese Initialzündung, die mein Leben veränderte: Selbst auf Reisen gehen.

Die erste richtige Reise allein zu zweit: Er fuhr mit seinem Mofa, das einen Anhänger hatte, in den wir unser Zelt tun konnten und ich fuhr mit meinem Fahrrad. Manchmal hielt ich mich auch an seiner Schulter fest und er zog mich, aber das konnte zu unerwünschten Stürzen führen.

Unsere Kilometerleistung war gut, ca. 80km. Wir hatten für unterwegs unsere Jugendherbergsausweise. Erster Stopp Bad Mergentheim, zweiter Stopp Kempten. Angekommen im Allgäu schlugen wir unser Zelt auf dem Campingplatz auf. Nahe vom Campingplatz wohnten Reiskys auf einem Bauernhof.

Auf dem Campingplatz waren wir unter uns und lernten viele Gleichaltrige kennen. Wenn es Abend wurde, waren wir Stammgäste auf dem Minigolfplatz! Da war sofort Stimmung! Viele Jungs, viele Mädchen, viel Lachen, viel Gelächter. Jugend eben. Und wir mittendrin. Früh konnten wir wunderbar lange ausschlafen und abends spät ins Bett gehen „Heh! Ist da mal Ruhe draußen?!". Manch ärgerlicher Ruf machte uns ein schlechtes Gewissen. Campen heißt immer auch: Rücksicht nehmen. Irgendjemand hatte eine Gitarre dabei und sang „Donna donna".

Dann aber kam eine besondere Nacht.

„Schön, dass du dabei bist, Volker." meinte Frau Reisky, die ich sehr mochte. Wir waren bei ihnen zum Abendessen. Wolfgangs Eltern freuten sich, uns so guter Stimmung zu sehen und die Bäuerin freute sich, Wolfgang wieder zu sehen, den sie von früher „du warst noch sooo klein" kannte.

„Sagt mal, Jungs", fragte sie uns, „Wollt ihr nicht mal in der Scheune übernachten?"

„Echt? In der Scheune übernachten?" Das kannte ich nur aus romantischen Erzählungen meiner Mutter.

„Klar. Wir legen ein paar Decken auf das Heu und dann könnt ihr dort heute Nacht schlafen!"

Wunderbar, dachte ich. Brauchte man wirklich Decken? Ja, irgendwie schon. Es war dann sehr weich, duftete und natürlich war ringsherum eine himmlische Ruhe. Wir schliefen bis in die Puppen. Das Frühstück war reichhaltig und wir kehrten ganz entspannt zum Campingplatz zurück.

Toll war, dass uns Wolfgangs Eltern einluden, mit ihnen einen „Abstecher" nach Wien zu Wolfgangs Großeltern zu machen. Das war super, nicht etwa, weil die Österreicher gelbe Straßenmarkierungen hatten, sondern weil Wolfgangs Großeltern in einem Altbau wohnten mit tollen Gängen, weil wir mit meinem Tonbandgerät nachts „Atom heart mother" von Pink Floyd hören konnten, weil wir Schloss Schönbrunn anschauten und uns dort als „Wächter" fotografierten, weil in der Hofburg Anna Freud persönlich zu einem Psychoanalysekongress weilte, weil wir auf einem Flohmarkt tolle Singles kaufen konnten „Sympathy is what you need my friend", „Let me" und alte „Bravo"s, weil wir ins Kino gingen und auf Großleinwand „Yellow Submarine" genossen, nicht nur, weil wir zum Prater gingen, dort Auto-Scooter fuhren und mit Mädels flirteten, sondern auch, weil es ums Eck herum einen Eisladen gab, wo wir uns immer wieder ein Eis leisteten.

Ich fand die Verkäuferin total nett. So ging ich am letzten Tag hin, ließ mich von ihr beraten und spendierte ihr dann das Eis, zu dem sie mir geraten hatte. Fand ich kavaliermäßig. Erst später dachte ich mir: Sie kann ja sowieso Eis essen.

Zurück im Allgäu wurde es Zeit, aufzubrechen. Wir radelten über Regensburg gen Nürnberg. Dort kamen wir auf der ehemaligen Autobahn Hitlers an – wir fuhren also auf der Autobahn mit dem Fahrrad! Weiter ging es bis Bamberg zur Jugendherberge. Wir checkten ein, aber dann dachte ich: Schweinfurt ist nicht mehr weit. Ich stritt ein bisschen mit Wolfgang. Er blieb da und ich radelte weiter. Ich erinnere mich noch an die Tour über Haßfurt und Zeil, wo ich mich immer wieder durch mein Ziel motivieren musste. Es wurde ja immer später. Dank der Entfernungsschilder konnte ich mich orientieren. So kämpfte ich mich also durch bis nach Schweinfurt, wo ich tief in der Nacht ankam, noch ein Bad nahm und danach herrlich ausschlief, im eigenen Bett. Laut Google-Maps ist der Radweg von Regensburg bis Schweinfurt ca. 230km und man braucht 12 Stunden.

Wolfgang ist inzwischen seit Jahrzehnten Bamberger Bürger.

13.8 Radtour zum Ellershäuser See 1972

Mit meiner Jugendgruppe nach der Konfirmation ging es per Rad zum Ellertshäuser See, durchaus ein gutes Stück landein.... Am See ruderten wir hinaus und stiegen dann ins Wasser. Immer wieder fürchtete ich, an den versenkten Kirchturm zu stoßen.

Einmal begleitete uns eine Klassenkameradin von Ullala (Geli). Auf der Rückfahrt schon bei Schweinfurt in Höhe von „An den Eichen" rief sie plötzlich „Huch" und warf beide Arme in die Luft. Das blieb nicht ungestraft: Ihr Rad torkelte und fiel um, mit ihr... Dann tat ihr der Arm furchtbar weh.

Was war los? Arm gebrochen? Wir hielten ein Auto an. Sie wurde in die Stadt mitgenommen und landete schließlich bei ihren fürsorglichen, aufgebrachten Eltern. Der Arm war gebrochen und wir Bösen daran schuld. Irgendwie holten sie das Rad zurück. Doch das war das Ende einer wunderbaren... nee, die tut mir noch heute leid.

14 Uffenheimer Schulgeschichten 1972 bis 1976

14.1 Mathe und Bier

14.1.1 Mathe und Bier

Dienstag, 2. Juni 2020 12:58

In der zehnten Klasse kam ich neu nach Uffenheim, nachdem ich die neunte in den Hauptfächern nur mit Ach und Krach geschafft hatte. Nach einiger Zeit schrieben wir die erste Mathe-Schulaufgabe bei Fury. Es waren fünf Aufgaben. Anschließend tauschten wir natürlich unsere Ergebnisse aus und zu meiner großen Enttäuschung hatte ich von fünf Ergebnissen nur eines richtig, also vier falsch... „Ich wette, ich bekomme eine fünf!" meinte ich zu Martin (Heller) und er sagte: „Ein Kasten Bier, wenn du besser bist?" Naja, ich konnte mir ausrechnen, dass ich diesen Kasten gewinnen würde und stimmte zu.

Fury (Herr Fuhrmann) ließ sich Zeit mit der Korrektur und verteilte dann doch die Schulaufgaben. Gemeinerweise fing er mit den schlechten Noten an. Erleichtert stellte ich fest, dass ich keine sechs hatte. Aber dann gab es auch keine fünf – und ich war nicht bei den Vierern dabei. Als ich bei den Dreiern nicht auftauchte, war mir klar: Meine Schulaufgabe war besonders schlecht und er würde sie der Klasse als ein Beispiel präsentieren, wie man es nicht macht. Ich fühlte mich übel. Natürlich hatte ich auch keine zwei und irgendwann blieb nur noch eine Schulaufgabe übrig.

Zum Glück waren die anderen mit sich beschäftigt, als Fury auf mich zukam und meinte: „Nun, Schossi, was glaubst du, was du hast?" Ist das nicht sadistisch. Trotzdem rang ich mir eine Antwort ab: „Naja, eine Sechs, tut mir leid!" „Aber Schossi," meinte er erstaunlich freundlich, „ du unterschätzt dich. Du bist besser, als du denkst..." Und dann legte er mir meine Arbeit vor: Es war eine... Eins. Tatsächlich eine Eins. Die Beste in der Klasse. Bei mir, dem

Versager… Wie konnte das sein. Tatsächlich hatte ich von fünf Aufgaben vier falsch gerechnet. Da es aber jeweils nur ein einziger Rechenfehler war und es ihm auf den Rechenweg ankam, hatte ich vier Punkte Abzug und das war noch in der Größenordnung einer Eins.

Ein Kasten Bier! Nie habe ich eine Wette lieber verloren.

14.1.2 Mein Kampf

In Deutsch mussten wir literarische Referate halten. Ich überlegte zunächst, was ich von Kästner aufgreifen könnte. Dann kam ich zu einem abstrusen Thema: Nimm dir mal „Mein Kampf" von Hitler vor. Das tat ich auch. Vati besaß noch seine Hitlerjugendausgabe, die sie in der Gruppe gelesen hatten. Natürlich gab es auch ein paar Bleistiftbemerkungen von Vati, aber ich merkte schon, dass sie nicht wirklich weit gekommen waren.

Dazu las ich eine konservative Biographie. Hitlers zweiten Band fand ich stinklangweilig und den ersten nur in wenigen Passagen, vor allem den biographischen interessant. Was bei mir hängen blieb, war, dass Hitler sich mit der französischen Massenpsychologie von Le Bon beschäftigte. Offenbar ging er professioneller vor als ich es von einem faschistischen Hetzer erwartet hatte. Natürlich verstand ich eine Menge nicht. So las ich einen Satz, dass er einen entsprechenden Kopf (d.h. einen Mann von Bedeutung) auf keinem Postamt gefunden hätte. Jahrzehnte später bekam ich das Machwerk wieder in die Hand und stellte fest: Hitler hatte von einem „Postament" geschrieben. Das ergab natürlich Sinn.

14.2 Protokoll: Biologieunterricht Streik

7 Februar 1972
Sonntag, 9. Dezember 2018, Samstag, 16. November 2019,
Uffenheim, 7.2.1972, 5. Stunde (notiert von Schossi, korrigiert von Uschi).
Biologiezimmer des Christian von Bomhard Gymnasiums
Anwesend: Klasse 10 G
Vorsitz: Biologielehrer Z.

Um 11.35 betreten die Schüler der 10. Klasse G das Biologiezimmer. Kurz danach kommt Herr Zerlmann herein. Heute ist Rolf sein Abfrageobjekt. Langsam, aber sicher presst er aus ihm die Namen Flemming und Ehrlich heraus. Der noch fehlende 3. Biologe ist weitgehend unbekannt. Er wird unhörbar genannt. Der

Schüler Fred wendet sich zur Schülerin Uschi, er zeigt ihr sein Feuerzeug und gibt es ihr dann. Wie verspielt doch die Jugend von heute ist!

Uschi lässt das Feuerzeug kurz aufschnappen. (Was könnte da nicht alles passieren. Don't play with fire!). Als Psychologe erkennt Herr Z selbstverständlich sofort die Gefahr, die von dort aus der Klasse droht. Er eilt die Stufen hinan und fordert von Fred das allgemeingefährdende Object. Da sieht man's wieder mal! Kein Respect vor der Autorität. Fred weigert sich. Doch da ist er bei Herrn Z. an der falschen Adresse. Der Lehrer erkennt natürlich sofort die schwache Stelle des Schülers und droht mit Arrest. So muß Fred eben das Ding herausrücken. Zufrieden gleitet Herr Z zurück.

Doch was müssen seine empörten Ohren feststellen? Hat da nicht eben ein Schüler gesagt: „Ach geh doch heim zu Deiner Frau!?" So etwas muß unterbunden werden. „Wer war das?" ist die Frage in die verdächtige Ecke. (Tom Winner) „Winner, warst Du das?" „Nein", ist die klare Antwort. „Heller, hast du dies gesagt?" „„Was?" fragt der verwunderte Schüler. „So, du warst das also" folgert haarscharf der Akademiker Z. „Dafür bekommst Du einen Arrest." Was hören die erstaunten Schüler? Einen Arrest, weil jemand: „Was?" gesagt hat. Der 2. Klassensprecher Johnny fühlt sich berufen.

Doch was muß Herr Z feststellen? Da erfrecht sich einer, seine Stellung als erhabene Autorität anzufechten. Geschickt eilt er zu dem Empörer. Ein gegenseitiges Anschreien folgt.

Mitten im Satz brüllt der Lehrer: „Wenn du jetzt nicht ruhig bist, schmeiß ich dich raus." Prompt antwortet der Klassensprecher: „Dann werfen Sie mich doch raus." „Raus", kreischt der rot Angelaufene. Da wagt es doch glatt jemand, sich zu verteidigen, und dann gar noch ihn zu kritisieren. Schöne Zustände sind das! So etwas muß unterbunden werden.[19]

„Wir schreiben eine Ex!" japst er in nicht einwandfreiem Deutsch zu der Klasse. Denn was mußte die 10 g erst unlängst von ihrem Lateinlehrer erfahren? Ihre Lehrer hatte sie falsch unterrichtet! Nicht: „Die Extemporale" heißt es, sondern „Das Extemporale".

---

[19] Nachtrag: Johnny packt seine Tasche und geht raus. Die Tür kracht ins Schloß. Z jumped zur Tür. Aber daß Du Dich ja keine 5m weg wagst, brüllt er.

Die Schüler sind ungehalten. Einfach aus emotionalen Gründen ein Ex zu schreiben. Nur weil er sich über was geärgert hat.

Solche Gedanken sind unfein. Denn schließlich war schon lange eine Abfrage fällig. Und er als Lehrer darf sie doch schreiben, wenn er es für gut hält…, oder? Und, was können die Schüler schon machen?

Liebevoll lächelnd teilt der gutmütige Herr Z, der der Klasse der 10G Gelegenheit für eine gute Note geben will, die Blätter aus.

„Extemporale aus der Biologie, an den Rand den Name." diktiert er.

Doch was erblicken seine erschreckten Augen? Die Schüler schreiben nicht. Sie wollen ihn provozieren? Das gibt es nicht! Da muß Autorität her, wo Liebe nicht mehr nützt. Wen sieht er da hinten mit da'Vincischem Lächeln? Ach ja, der Flitzpiper, die Klassenbeste. Was fällt ihr ein, in einer derart ernsten Situation zu lächeln.

Er schreitet erhaben auf die Kleine zu. „Schreib Deinen Namen!" befiehlt er. Mona Lisas Lächeln ist genau getroffen. Drum kommt ihr Herr Z entgegen. Er legt ihr den Finger auf das Blatt, und zeigt auf die fragliche Stelle. „Hier schreibst Du jetzt Deinen Namen hin!" – „Du willst Deinen Namen nicht schreiben?" fragt er. Ach, diese Schülerin ist sowieso unbegabt, so wendet er sich an ein hoffnungsvolleres Object. Doch leider wiederholt sich bei Uschi I die Szene genau, bis auf folgenden Unterschied. Die 1. Klassensprecherin bekommt die Erlaubnis, den Director zu holen. 20 Nun wendet sich Herr Z an Schossi, von dem er weiß, dass er Verständnis für die Situation des Lehrers aufbringt. Er folgt auch dem Befehl und schreibt seinen Namen auf das Blatt. „Schreib drauf, Extemporale aus der Biologie", kommandiert Herr Z.

Wie? Der Schüler weigert sich? Was? Er will warten, bis der Herr Director kommt? So? Er will Unterlangen sehen?

Und er hatte so viel Vertrauen in ihn gesetzt, aber es gibt ja noch jemanden in der Klasse, der schreibt bestimmt. Denn sein Vater ist Lehrer an der Schule. „So, Ricki, du schreibst jetzt"…

---

[20] Zweiter Nachtrag: Nun bemerkt er sarkastisch zu einer Schülerin am anderen Ende der Klasse: Nun, Häusl, ob Deine Schwester die FOS schafft, dürfte hiermit in Frage gestellt sein."

Schon wieder kein Erfolg, wo soll das noch enden!? Soll er vielleicht von der Schule gehen? Aber nein, die Lehrer halten ja zusammen, auch wenn einer nix taugt. Und er hat ja noch den Dieter. Der will sich seine 1 in Bio bestimmt nicht versauen. Herr Z versteht die Welt nicht mehr. Auch dieser Knilch weigert sich zu schreiben. Da war der früher doch ganz anders, da gab es noch Klassengemeinschaft und so, aber heute.

Doch Herr Z hat seinen großzügigen Tag. Er will seinen Schülern noch eine Chance einräumen.

„Ich diktiere jetzt die Fragen und gebe Euch jeweils die nötige Zeit", erklärt er warm. Die Fragen sind wirklich leicht. Da kann sich jeder einen Einser oder Zweier holen. Aber wie dumm die Schüler dieser Klasse sind, muß Herr Z zum wiederholten Mal festlegen.

Doch halt, da sind noch ein paar hoffnungsvolle Typen: Gerhard, Mathze und Knut schreiben mit. Ja, die wissen noch eine Chance zu schätzen und zu nützen. Ja, auch Herman und Fred schreiben mit, aber die übrige Klasse scheint verrückt zu sein.

Nun ist es Zeit. Er sammelt ein. Daß die Schreiber gespickt und sich unterhalten haben, stört ihn nicht. Nun, seine Lieblinge geben ab. Doch der rechte Block überreicht ihm lauter leere Blätter, was soll das?

Aber er will ja mal nicht so sein, und tut ihnen den Gefallen und schreibt ihre Namen drauf.[21]

Doch was ist das? Kein Blatt ist beim linken Block zu sehen. Wollen die ihn etwa verulken. Nach wiederholter nachsichtiger Nachfrage muß er feststellen, daß die Blätter verschwunden bleiben. So hält er denn den gewohnten Unterricht weiter.

Jawohl, die Atmung sei wichtig, betont er. „Sie müssen genau aufpassen".

Schon klingelt es und einige Schüler stehen auf. Doch konsequent bringt Herr Z seine Ausführungen noch zu Ende. Dann entläßt er die Schüler.

Doch Johnny kommt wieder von drausen rein. Als wir noch über die Stunde sprechen, läßt Herr Z einiges los „Nun, in der Klasse sind eben einige räudige Hunde. Außerdem haben Sie solche aufhetzerischen Elemente wie die Kola und die Häusl." Protestierend

---

[21] Hans hat das Blatt unter dem Tisch versteckt. Z reißt es hervor. Fred gibt es erst später. „Ob ich das anerkenne, muß ich mir erst noch überlegen."

verließ ich den Raum. Aber ich glaube, ich habe ein bischen zu viel protocolliert. Doch man soll ja lieber zu viel als zu wenig machen. Und wer den Schluß unharmonisch findet, kann ihn ja, da wir in einem democratischen Staat leben, überlesen.

Facit 1 Arresst (Heinl)
1 Directorats arrest (Dagmar, Zettelunterschlagung)

Wir mussten über die Stunden Protokoll führen. 10G steht für „Gymnasium", da wir auch noch Realschule hatten. Ich kam erst in der 10 Klasse, also 1971 nach Uffenheim. Wir waren 21 SchülerInnen. Aber wir waren eine Klasse... und blieben es auch, bis Corona uns 2020 ausbremste.

14.3 Schossi, Herausforderung für die Deutschlehrerin

In der 11. Klasse war ich eindeutig in meiner neuen Klasse mit den 21 Mitschülern angekommen. Das gab mir Rückhalt für meine Kreativität, die nicht zuletzt unsere Deutschlehrerin Rössner aus Göttingen zu spüren bekam. Sie wohnte gegenüber vom Schülerheim im Krämersgarten. Wir konnten der ehrwürdigen Pädagogin praktisch ins Zimmer schauen. Manchmal nahm sie beim Mansardenfenster ein Sonnenbad, aber das galt nur dem Antlitz, der Rest blieb züchtig verhüllt. Uns interessierte auch nichts andres.

14.3.1 Referat zum Deutschlandlied Okt.72

Ich hielt ein Referat über die Deutschlandhymne und ergänzte sie um eine vierte Strophe mit Bomben und Panzern. September / Oktober 1972:

„Deutsche Männer, deutsche Frauen, denket ewiglich dran, Hakenkreuze Bomben, Panzer waren Deutschlands Untergang. Deutschland, Deutschland, unsre Herzen sollen Dir verschrieben sein. Deutschland, Deine deutschen Kinder bergen Dich und bleiben rein."

Ehrlich, mit 64 Jahren finde ich es ziemlich gut. Damals auch schon, aber manche Sachen aus meiner Jugend nerven mich inzwischen. Dieses Gedicht hat große Stärken.

In Deutsch stand sie nicht nur des Lehrplans wegen auf Mittelhochdeutsch. Wir mussten quasi die Vorform unserer eigenen Sprache erarbeiten. Also schrieb ich eine komplette Schulaufgabe in Süterlin.

Wie zur Rache schrieb ich dann die Schulaufgabe in Deutscher Schrift, die ich noch von der Volksschule (Regelfach!) konnte und gerne auch in meinem Tagebuch einsetzte. Für sie, die meine Handschrift nicht gewohnt war, war dies natürlich eine Zumutung.[22]

14.3.2 Tristan

Aus den Referatsthemen wählte ich „Tristan und Isolde" von einem mir unbekannten Minnesänger namens Gottfried von Straßburg. Da ging es natürlich um Liebe und sie war selbst ganz bewegt von *„Wem nie durch Liebe Leid geschah, dem ward auch Lieb' durch Lieb' nie nah; Leid kommt wohl ohne Lieb' allein, Lieb' kann nicht ohne Leiden sein."* **Man konnte den Eindruck gewinnen, als spräche sie von eigenem Liebeskummer. Ich aber las Sigmund Freud, den ich nur begrenzt verstand und interpretierte auf diesem Hintergrund den Minnesang erotisch. Die Germanistin war entsetzt.**

Auch hier sollte sich der Schulleiter wieder einmal einschalten. Der Arme. Er hatte Geist, Humor und Weite; damit verstand er mich. Aber wie sollte er eine Kollegin hängen lassen. Natürlich war ich verständnisvoll, aber irgendwie überzeugte mich meine Interpretation auch. Ich hatte den Eindruck, dass ich Gottfried von Straßburg ernst nahm. Zumindest war das Mittelalter nicht so prüde wie die viktorianische Epoche, zu der wir unserer Lehrerin zählen konnten.

---

[22] In heutiger Computerschrift: „Wie zur Rache schrieb ich dann die Schulaufgabe in Deutscher Schrift, die ich noch von der Volksschule (Regelfach!) konnte und gerne auch in meinem Tagebuch einsetzte. Für sie, die meine Handschrift nicht gewohnt war, war dies natürlich eine Zumutung."

14.3.3 Die doppelte Schulaufgabe

Frau Rösner war nicht nur entsetzt, sondern irgendwo auch eine wohlwollende Pädagogin. In Göttingen musste sie immer wieder ihre (aus unserer Sicht wohl noch ältere) Mutter besuchen. Da sie am Sonntagabend zurückfuhr und den Zug nutzte, kreuzten sich ab Würzburg unsere Strecken. Sie reiste erste Klasse, aber einmal, als sie uns entdeckte, lud sie uns ein und zahlte den Aufpreis. Damals durfte man im Zug noch rauchen. Sie bot uns Zigaretten an, legte aber Wert darauf, dass wir sie nicht ganz zu Ende rauchten, sondern vorher ausmachten, weil es sonst zu giftig wurde.

Wir unterhielten uns auch. Montags wurden Deutschschulaufgaben geschrieben, weil man darauf nicht direkt lernte und das Wochenende von Lernen freizuhalten war, entsprechend der Montag von Schulaufgaben. Diesmal war der Abend vor einer Schulaufgabe. Wir sprachen über verschiedene Themen und ich hatte den Eindruck, dass sie uns dabei Tipps gab. In Uffenheim angekommen, nahm sie uns sogar im Taxi mit, denn sie wohnte gegenüber vom Heim.

Utz, Johnny, Drucker, Schossi

Auf alle Fälle setzte ich mich noch mit meinem Klassenkameraden Helmut aus Sennfeld, der mit im Zug gewesen war, im Studierzimmer des Schülerheims zusammen. Ich schrieb dann zwei Schulaufgaben vor und er schrieb eine für sich ab. Am nächsten Tag schmuggelten wir die Schulaufgaben ins Zimmer und tauschten sie gegen unsere Blätter aus. Bei Lupo ging es ums schulische Überleben. Er kam von einem Bauernhof und wusste, was es für seine Eltern bedeutete, ihren Sohn auf eine weiterführende Schule zu geben. Im Übrigen war er alt genug, Auto zu fahren und verfügte über ein Gogo-Mobil. Das war eine sehr rudimentäre Art von Auto, aber manchmal durfte er es mit nach Uffenheim nehmen und dann durften wir mitfahren. Gut, dass wir alle recht schlank waren. Gogo, das hatte schon was... Übrigens kaufte Mutti auf dem Schweinfurter Markt am Marktplatz regelmäßig bei Lupos Mutter ein und die beiden sprachen natürlich über ihre Söhne und Sorgen.

Leider ging die Schulaufgabengeschichte nicht gut aus. Frau Rösner vermutete Unterschleif, nahm uns ins Gebet – gleichzeitig – und wir gestanden unsere Missetat. Folge: Jeder bekam eine Sechs. Für Lupo eine Katastrophe, ich konnte mich in der Folge noch retten.

14.3.4 Deutschschulaufgabe in Gedichtform 27.6.73

Die meisten Schulgeschichten, die ich gerne zum Besten gebe, stammen aus der Oberstufe. Ich hatte mich schulisch so konsolidiert, dass ich mir keine Sorgen machen musste, ob ich das Klassenziel jeweils erreichte, sondern lediglich, mit welchen Noten ich ins das nächste Jahr gehe. Nachdem ich mich in Deutsch mittels 5,6,5 und besseren mündlichen Noten mindestens auf 5 eingefunden hatte und Deutsch keine aufeinander aufbauenden Teile mehr hatte, konnte ich mir in der elften Klasse leisten, was ich wollte. In der dreizehnten würde es dann anders sein.

Meine Deutschlehrerin, die mich schätzte, wollte mir eine große Chance in der letzten Schulaufgabe geben. Wir schrieben in einem großen Raum und alle saßen einzeln, obwohl Abschreiben in Deutsch nicht sehr viel bringen konnte. In jenem Jahr war ich zum ersten Mal in der Theatergruppe und spielte eine Hauptrolle in S. Mrozeks „Die Polizei". Als Frau Rösner die Themen für den Besinnungsaufsatz nannte, schien sie zu mir zu strahlen, denn ein mögliches Thema war „Theaterspielen". Es war klar: schon wenn man die Gliederung geschrieben hatte, bekam man mindestens eine fünf. Selbstverständlich kannte ich A, B1, B2, B3, C, also Einleitung, erste Punkte pro, zweite Punkte kontra, drittens Abwägen der Punkte und dann ein Schluss.

Brav schrieb ich den Aufbau. Dann arbeitete ich hart und konzentriert und gab ab. Schließlich ging ich zurück ins Schülerheim und legte mich ins Bett. Dort hörte ich zwar, wie mich ein Klassenkamerad suchte, aber ich gab mich nicht zu erkennen.

Inzwischen war Frau Rösner erschüttert. Was hatte ich aus ihrer Chance gemacht? Vor ihr lag als Besinnungsaufsatz eine Gliederung und dann ein fünfstrophiges Gedicht. Der Inhalt entsprach der Gliederung, aber es war kein Aufsatz. Schnell schickte sie jemanden mir nach. Jedoch vergeblich.

Als die Schulaufgabe herausgegeben wurde, schaute sie mich streng an. Es war eine Sechs! Ich war zwar innerlich empört, denn ich hatte den geforderten Aufriss abgeliefert, aber ich verstand natürlich, dass sie mir da ein Ungenügend geben musste. Später meinte sie, das Gedicht sei ganz gut, aber eben...[23]

14.4 Apropos Theater

Zum Theater kam ich in der elften Klasse, als mich ein Mitschüler ansprach. Er zwei Klassen über mir und verfügte über einen Bart, um den ihn Karl Marx beneidet hätte. Ich war überrascht und total stolz, dass er mich überhaupt wahrnahm. Ich hatte keine Erfahrungen außer aus dem Kindergarten („Müller"), aber kaum dabei, bekam ich sogar eine Hauptrolle, einen Revoluzzer. Das Stück stammte von Mrozek und brachte die Thematik der Freiheit mit Revolution zusammen: „Die Polizei". Dazu musste es satirisch

---

[23] Mein originaler Tagebucheintrag: 27.6.73 Früh krank. Nachmittag: Deutschschulaufgabe. In Gedichtform geschrieben. (Nachtrag: Das gab Trouble mit der Lehrerin. Sie hatte gesagt, die Gliederung allein würde schon für eine Fünf ausreichen. Also schrieb ich eine Gliederung und dann das Gedicht.
28.6. Früh: zum Rex zitiert: „Du bist wohl blöd. Ich finde gar nicht genug Ausdrücke für dich." §§51; verminderte Zurechnungsfähigkeit. Abends mit Tommy u Bräuni weg. Hypo, Fury u Didi getroffen. Untere Sophie.

agieren, denn letztlich schrieb der Autor es in der Tschechoslowakei, also in einer Diktatur.

Ägist: „Man gehe und hole Elektra aus dem Palast!" Ägist befiehlt!

In der zwölften Klasse spielten wir „Die Fliegen" von Sartre. Ich war der König Ägist und trug lange Haare. Doch das schien mir nicht zu passen. So erklärte ich: „Ich will kurze Haare!" und der Direktor spielte mit uns schnitt mir eigenhändig auf dem Parkplatz vor der Schule die Haare. Vati war entsetzt: „Den müsste man anzeigen!" Aber ich hatte es selbst gewollt. Damit ich so richtig griechisch wirkte, ließ ich mir von meiner Klassenkameradin Uschi die Haare schwarz färben. Diese Haarfarbe hatte ich auch, als ich für meinen internationalen Führerschein das Foto machte. Aber ich kam damit durch. Als Uschi, die im Nachbardorf wohnte und zu der ich hinwanderte, mir die Haare wieder entfärbte, wurden sie rötlich. Das fand ich seltsam.

Orest: „Verteidige dich!" Orest tötet mich.

In der dreizehnten spielten wir dann „Der Besuch der alten Dame" von Dürrenmatt. Abends nach den Proben ging es traditionsgemäß mit dem „Chef", Direktor Birkner, auch der „Grüne" genannt nach seinem Kord-anzug in die Kneipe vom Stauder, wo er einen Schoppen trank. Wir auch.

Mit dem „Besuch der alten Dame" gastierten wir im Augustinum in München. Ich spielte den Ex-Freund der Millionärin. Doch kurz vorher verlor ich wegen einer Erkältung die Stimme. Wir waren bei Rückerts und die zeigten sich sehr fürsorglich. Sie verfügten über den Kontakt zu einem Promi-Arzt, der mit Schauspielern Erfahrungen hatte und ein Mittel bereitstellte, mit dem ich meine Stimme für die Aufführung zurück erhielt. Es lief super – wir konnten sogar einmal, als wir den Faden verloren, improvisieren, worauf wir sehr stolz waren, da wir wieder ins Stück zurückfanden, als wäre nichts geschehen. Doch kaum hatte sich der Vorhang gesenkt und war der Applaus verklungen, verschwand die Stimme ins Off. Wir kehrten zurück zu Rückerts und dort kurierte mich Johannas Schwester mit Grog. Das fand ich super nett.

14.5 Heiße Hände, Bier und Blut 1973

Als ich siebzehn wurde, sagten meine Eltern: „Ja, Junge, wenn du irgendetwas unternehmen willst, dann musst du auch ein bisschen Geld verdienen. Du kriegst dein Taschengeld, aber wenn du zum Beispiel mit Freunden etwas unternehmen willst, dann musst du dir Geld verdienen und das musst du in den Ferien machen." Das war in meiner Generation zunehmend beliebt, man nannte es „Ferienarbeit" und an die kam man noch relativ einfach ran.

Der erste Ferienjob, den ich machte, war bei der Brauerei Hartmann am Wall, die Wall-Bräu. Das fing schon mal gut an. Der erste Arbeitstag begann um sieben Uhr. Erste Frage: „Hast du deine Steuerkarte dabei?" Ja, ich hatte mit Vatis Hilfe mir eine besorgt und konnte sie abgeben. Das Finanzamt wollte ja auch seinen Anteil an meiner Arbeit haben.

„Alles in Ordnung. Jetzt geht es gleich los. Dort drüben ist der LKW. Mit dem fahrt ihr jetzt los." Der Laster karrte uns zum Volksfestplatz. Die Brauerei hatte dort ein großes Festzelt und wir mussten beim Aufbau des Bierzeltes helfen: „Pack mal an!" Jemand hielt mir ein Seil hin. Da musste ich kräftig ziehen, damit die Seile straff wurden, und festzurren, damit die Wände und das Dach hielten. Junge, darauf waren meine Hände nicht vorbereitet.

„Da drüben sind die Bänke. Pack mal mit an..." „Kein Problem!" Also schleppte ich Bänke, klappte sie auf und stellte sie hin. Das sollte für ein paar tausend Besucher reichen. Allmählich taten mir die Hände weh und es ging langsamer. Aber noch war nicht Schluss: „Jetzt die Tische!" Also auch die schweren Tische. Es wurde Mittag und wir waren noch immer nicht fertig. Dafür durften wir Brotzeit machen und dabei auch ein Bier trinken – auf Kosten des Hauses.

Dann ging es weiter. Wir hatten fast schon die Hälfte geschafft, aber es ging langsamer. Um sechs Uhr abends war Schluss. „Halt: Da hinten fehlt noch ein ganzes Eck! Los, auf dem Anhänger sind noch Tische!" So kamen auch diese Tische mitsamt den Bänken dazu. Um acht Uhr abends war wirklich Schluss. Nach 13 Stunden. Am ersten Arbeitstag!

„Jetzt fahren wir zurück zur Brauerei!" hieß es. Aber ich fragte: „Darf ich direkt heim? Ich wohne da unten." Die Mechwartstraße lag viel näher am Volksfestplatz als die Brauerei. Ich durfte, musste nur am nächsten Morgen pünktlich erscheinen. Klar.

„Volker! Was war denn los? Ich habe mir schon Sorgen gemacht! Du warst so lange weg!" Ich flaggte mich ganz geschafft hin und zeigte meine roten Hände. Meine Mutter zollte mir entsprechende Bewunderung. Und ich schlief hervorragend.

Am nächsten Tag ging es auf Tour zu Gastwirtschaften. Diesmal war ich Beifahrer auf einem Getränkewagen und musste mit anpacken, wenn die Fässer in die Küche geschleppt wurden. Das war die Härte. Der Job war super, ich verdiente eine Menge Geld und hatte unter Beweis gestellt, dass ich zuverlässig arbeiten konnte. So besorgte mir mein Vater für die Sommerferien einen sehr begehrten Job: Briefträger. Im Sommer gingen natürlich auch Briefträger in Urlaub und da waren Ferienarbeiter sehr gefragt.

Ich stellte mich also vor, ließ mir die Bedingungen erklären und wurde erst einmal eingewiesen: Ich bekam einen Bezirk und am ersten Tag lief noch einer mit zum Einarbeiten. Allerdings hatte dieser Job eine Besonderheit: 5:15 Uhr bis 14 Uhr war die Kernzeit, die ich in meinen Terminkalender notierte. Dass hieß: Frühmorgens aufstehen – Mutti stieg tapfer mit aus dem Bett und machte mir das Frühstück. Dann lief ich zur Post in der Bahnhofstraße. Dort mussten wir zunächst die Briefe aus dem Verteilzentrum holen, dann bei uns nach Straßen und Hausnummer in Fächer sortieren und schließlich die sortierten Briefe in die Posttasche packen. Wenn die Tasche voll war, packten wir den Rest ebenfalls geordnet in Kisten, die zu bestimmten Orten, meistens Geschäften wie Bäckereien mit einem Auto transportiert wurden und wo wir dann die Tasche, wenn sie leer war, auffüllen konnten. Wenn ich nach dem Dienst zurück kam, musste ich die inzwischen eingegangene Post ebenfalls noch in die Fächer sortieren, das verkürzte die Arbeit am nächsten Morgen.

„So, jetzt geht es los!" sagte mein Anleiter. Ich wollte zu den schönen gelben Posträdern, aber er sagte: „Dein Bezirk ist zu weit für das Fahrrad. Du fährst mit dem Bus mit, der uns auf die Bezirke verteilt." Na gut, der Anfang schien ja recht bequem.

Mein Anleiter, ein kleiner Angeber um die zwanzig, zeigte mir zunächst mal, dass wir in der Nähe vom Obertor, nachdem wir schon einige Post zugestellt hatten, in die Wirtschaft „Zum Tannenbaum" gehen konnten, die Post ablieferten und ein Bier bekamen. Ich selbst bevorzugte ein Spezi, damals noch „Kalter Kaffee" genannt. Dann ging es weiter, zu Fuß und ich hatte zu meinem Erstaunen erfahren, dass ich nicht nur für meine Arbeit Geld bekam, sondern auch „Sohlengeld", weil ich ja meine privaten Schuhe benutzte und ablief…

In meiner großen, schwarzen Ledertasche hatte ich jedoch nicht nur Briefe, sondern auch Geld. Da musste ich von der Postbank Geld mitnehmen, natürlich quittieren und zum Beispiel bei Geschäften abliefern und ebenfalls quittieren lassen. Das waren ein paar hundert Euro, äh Mark.

Eines Tages musste ich zu einem Laden namens Wichant Geld bringen. Ich lieferte es ab und ließ es quittieren. Doch als ich nach dem Dienst abrechnen wollte, fehlten 300 DM. Ich hatte sie offenbar verloren. Verzweiflung! Doch welche Erleichterung, als das Geschäft sich meldete und mitteilte, dass die 300 DM bei ihnen lagen. Mir fiel ein Stein vom Herzen. Denn die Summe hätte ich selbst zahlen müssen – und das wäre mehr gewesen, als ich in der ganzen Zeit verdiente.

Es war ohnedies nicht mein Glückstag, wie ich später feststellte. Zunächst kam ich freilich erst mal zur „Drachenburg". Weshalb „Drachenburg"? Es war ein Haus für viele alte Frauen. Allerdings kam ich nicht einfach rein, sondern musste irgendwo klingen. Mit der Zeit war es immer bei derselben alten Frau, die stets zu Hause war. Aber: Sie bekam zu meiner Enttäuschung nie Post. Das fand ich gemein: Sie, die dem Postboten immer öffnet, bekommt selbst keine Post. Als ich dann mein Geld verjubelte und nach England trampte, schickte ich ihr von dort aus eine Postkarte. Sie sollte doch auch mal Post bekommen. So bekam sie aus England eine Postkarte von ihrem Briefträger…

Wie gesagt, nicht mein Glückstag. Eigentlich ein schöner, strahlender Sommertag. Ich kam zur Brauerei Hagenmeyer in der Gartenstraße am Marienbach. Dort musste ich Post abgeben. Normalerweise ging ich nur vorbei, denn sie hatten ein Postfach und es wurde ihnen alles gesammelt gebracht. Ich kam also total geschafft von der Sonne in die gekühlte Brauerei und brachte die Post zum Pförtner. Der fragte gleich: „Na, Postbote, willsdn Bier?" Ein Bier? Jetzt? Klar! Er brachte mir ein wunderbares eiskaltes Bier! Hagenmeyer!

„E schöns kühls Bier, des is des besde jetzt für dich. Hast scho viel gschafft, gell?" Ah, es war kühl! Ah, es war lecker! Es rann mir die dürre Kehle hinunter. Ich trank und trank und trank… Eine Flasche eiskaltes Bier, das passte jetzt genau!

„Danke! Das hat gut getan!" Ich machte mich auf den Weiterweg. Gestärkt wanderte ich parallel zu Straße und Marienbach weiter, als ich plötzlich merkte: An meiner Nase ist es feucht. Feucht? Schnupfen im Hochsommer? Ich blickte zu Boden: O, am Boden ist Blut. Da merkte ich: Aus meiner Nase tropfte Blut auf den heißen Asphalt. Ziemlich heftig!

Was tun? Ich stellte meine Tasche ab und legte mich auf den Rücken, den Kopf in den Nacken, die Nasenspitze nach oben, damit das Blut nicht hinausläuft. So lag ich da in der prallen Sonne.

Ich ahnte nicht, was die anderen Leute sahen. Autofahrer kamen vorbei und sah: „Ein Postbote! Er liegt am Boden! Er blutet!" Einer hielt dann auch: „Kann ich helfen? Ist was los?" Ich sagte: „Nee, alles gut. Ich hab nur ein bisschen Nasenbluten, das kenn ich, das ist gleich vorbei." Da fuhr er weiter.

Was ich nicht wusste: Einige Autofahrer waren weitergefahren, weil sie Angst hatten, in einen Überfall verwickelt zu werden, hatten dann aber die Polizei angerufen: „Da liegt ein Postpote in der Gartenstraße. Er ist überfallen worden! Den ham se zusammengeschlagen, er liegt blutend da!"

Die Polizei machte sich auf den Weg, fuhr zum Ort des Verbrechens, fand aber nichts – oder wohl doch ein paar Blutspuren. Ich war längst weiter. Das Nasenbluten hatte aufgehört. Ich steckte ein bisschen Tempotaschentuch in die Nasenlöcher, schnappte mir meine Tasche und trug weiter die Post aus. Ich wollte ja mal fertig werden.

Als ich um zwei Uhr von meiner Tour zurückkehrte zur Post, war dort helle Aufregung: „Volker, was ist los mit dir? Die Polizei hat angerufen. Du bist überfallen worden!"

„Überfallen? Ich? Nee!" Was sollte die Aufregung?

„Doch. Es wurde gemeldet, es liegt ein blutender Postbote auf der Straße. Dann warst du nicht mehr da. Da fürchteten sie Schlimmstes!!" Es gab ja keine Handys. Ich war unterwegs und damit nicht erreichbar.

Ich erklärte: „Es war gar nichts Schlimmes. Ich habe halt Nasenbluten bekommen, mich kurz auf den Rücken gelegt, bis es vorbei war und dann bin ich weitergangen…"

„Wir haben schon gedacht, du bist überfallen worden!" Auf alle Fälle musste ich bei der Polizei anrufen, damit klar war, dass alles in Ordnung ist. Dann sortierte ich meine neuen Briefe und ging in meinen wohlverdienten Feierabend am Nachmittag. Seitdem hüte ich mich, bei Hitze ein eiskaltes Bier einfach hinunter zu schütten.

14.6 Schossi und die Drogen
14.6.1 Das rauchende Klassenzimmer
Das rauchende Klassenzimmer ist ein Kind meiner Generation. Und auch ich war ein Kind meiner Zeit. Dazu gehörten Drogen, zu denen wir damals Nikotin und Alkohol noch nicht rechneten.

Fast im Gegenteil: Wer rauchen durfte, wollte rauchen, um zu zeigen, dass er es durfte. Nein, das war nicht bei allen so, aber bei den Wortführern. Rauchen vermittelte: Ich gehöre zur Erwachsenenwelt. So galt es als großer Erfolg, dass in unserer Schule, als ich in der 11. Klasse war, ein Raucherzimmer eingerichtet wurde.

Der Raum im Erdgeschoss des Christian von Bomhard Gymnasium war ziemlich verräuchert. Allerdings hieß es auch: Wenn du dich mit deinen Freunden unterhalten willst, musst du dazu ins Raucherzimmer. Gauloises waren angesagt, aber auch Camel, Peter Stuyvesant, Marlboro, dazu Atrium, falls ich gepflegt rauchen wollte, oder Roth-Händle für die Harten... Ich drehte mir auch manchmal selbst welche aus Imkertabak. Der war billig, hart und trocken. Das machte der Mathelehrer auch.

Das rauchende Klassenzimmer war eben das Raucherzimmer. Lehrer, die etwas auf sich hielten, rauchten ebenfalls, nicht nur die jungen mit Bezug zu 68er-Generation.

14.6.2 Stoned 16.7.73
Eigentlich begann meine „Drogenkarriere" 1971. Wolfgang und ich bereiteten uns auf eine Fahrradtour ins Allgäu vor, die wir in den Sommerferien unternahmen: Ich mit dem Rad, er mit dem Mofa samt einem Anhänger. Damals konnten wir noch wirklich auf den Straßen fahren, der Verkehr war bei weitem nicht so dicht wie zehn oder gar vierzig Jahre später.

Wolfgang verabredete sich mit seiner Freundin Dorothea, die aufs Celtis-Gymnasium ging und kam eines Tages mit einem Alupäckchen vorbei, bedeutungsvoll blickend: „Das ist Stoff!" Da hatten wir also unser Haschisch, das wir ausprobieren wollten. Die Radtour über Kempten war hart und gut. Schließlich zelteten wir am Zielort, spielten nächtens Minigolf und tauschten uns tagsüber mit Gleichaltrigen aus. Eines schönen Nachmittags schlenderten wir den Berg hinauf und hatten einen bezaubernden Blick ins Tal. Außerdem hatten wir unseren „Shit" dabei. Wir stopften ihn also in eine Pfeife und rauchten.

Ich hatte extra vorher mit dem Lungenrauchen begonnen, damit ich Haschisch inhalieren konnte. Als die Pfeife ausgeraucht war, blickten wir uns erwartungsvoll an. Dann warteten wir. Aber nichts tat sich... Frustriert wanderten wir zum Zeltplatz zurück. Als wir die Geschichte einer erfahrenen Frau, die etwa zwei Jahre älter war als wir, erzählten, ließ sie sich eine Kostprobe vom Rest geben und erklärte weltfräulich: „Sand". Wir waren also getäuscht worden.

Im Jahr darauf fuhr ich als Heimschüler an jedem zweiten Wochenende nach Schweinfurt und zurück, meist mit der Bahn. In Würzburg musste ich umsteigen. Da traf ich auf dem Weg nach Uffenheim am Sonntagabend meinen Stockgenossen Tommy. Wir plauderten auf einer Bank in der Bahnhofshalle. Das gefiel ihm offenbar und so meinte er, wir sollten mal ein Pfeifchen miteinander rauchen. Ich hatte ja noch das Pfeifchen, das Vati gehörte und ich schon im Kindergarten als Bäcker bei der Aufführung benutzte. Ab und zu rauchte ich damit Imker-Tabak. Pfeifchenrauchen klang für mich gemütlich, wie bei Großvätern, die sich austauschen.

Ich hatte keinen Schimmer, dass er von einer Haschisch-Pfeife sprach. Tatsächlich dauerte es noch einige Zeit, bis mich die In-Group für vertrauenswürdig hielt und am Konsum beteiligte. Ich gestehe: Ich habe bis heute keinen Stoff erworben, ich war wohl zu knausrig. Aber mitrauchen durfte ich öfters.

In meinem Terminkalender fand ich sogar noch das Datum: 16. Juli 1973, da rauchte ich die erste Pfeife, allerdings: Nichts von dem, was ich erwartete, geschah. Die Insider klärten mich nur zu willig auf: Du musst es mehrere Male probieren, bevor es anschlägt. Das tat ich dann auch.

Der Tag war ansonsten gut gefüllt, denn in der Nacht druckten wir den Jahresbericht der Schule am schuleigenen Drucker mit Off-Set. Das fanden wir toll. Es ging bis 6 Uhr früh, also waren wir auch von der Schule befreit. Nachmittags ging es dann ins Café Ritter, wo sich die angesagten Leute trafen. Dann ging's ins lokale Schwimmbad, anschließend zur Theaterprobe und wieder zum Drucken. Wie ich erfuhr, dass Großvater Ottokar Henschel um 22.50 Uhr starb, weiß ich nicht mehr. Vielleicht trug ich es am nächsten Tag nach. Handys gab es keine. Wir telefonierten von einer hausinternen Telefonzelle aus.

Aber schon am nächsten Tag gab es wieder ein Pfeifchen. In der übernächsten Nacht setzte ich meine Karriere fort, aber tagsüber kam Vati und holte mich ab zur Beerdigung von Großvater in Heppenheim. Ein paar Mitschüler nahmen auch andere Drogen, von einem munkelte man gar, er würde sich Bier spritzen. Rothenburg war nahegelegen, da konnte man mal hinkommen und dort waren die US-Soldaten stationiert, unter denen Drogen kursierten. Kein Wunder, denn die US-Regierung versorgte die Soldaten in Vietnam mit Drogen, damit die den Krieg überhaupt aushielten. Wir freilich waren Kriegsgegner.

Ich bewegte mich in verschiedenen Konstellationen, so auch mit Robbie Krämer, der mit mir in den Griechisch-Unterricht ging, Frank und ein bisschen Doris , Robbies Zwillingsschwester. Dort hatte ich mein bestes Haschisch-Erlebnis. Wir, Robbie, Frank und ich rauchten ein Pfeifchen und hörten uns dann Pink Floyd an: „Meddle". Ich hatte den Eindruck, Farben zu sehen, vor allem Türkis. Das war wirklich gut, aber ich war mir nicht sicher, ob ich mir das nicht nur einbilde.

Frank pflegte auch eine Marihuana-Pflanze. Das war in den Ferien schwierig, weil wir da alle das Heim verließen. Doch bei Robbie, dem Sohn des örtlichen Apothekers, fand sie Zuflucht. Im Prinzip war ich immer ein vertrauenswürdiger, mitunter leicht naiver Typ. So fragte mich Robbies Mutter, ob das eine verbotene Pflanze sei. Mit schlechtem Gewissen verneinte ich. Aber ich konnte doch nicht meine Freunde reinhängen. Später dachte ich mir: Wer, wenn nicht der Apotheker, kann so etwas denn selbst rausbekommen? Robbie wurde übrigens Zahnarzt. Ob er seine Patienten mit „Stoff" narkotisiert?

Einige von uns dachten, dass wir ganz besonderen schulischen Anforderungen ausgesetzt seien. Daher besorgte sich der Arzt-Sohn Peter, genannt Drucker etwas über seinen Vater: „Kaptagon"[24]. Er hatte übrigens eine so schicke Mama, dass ich immer unterstellte, sie würden zur Schickeria in Nürnberg gehören. Auch Drucker wurde Arzt. Er war der einzige unter uns, der bereits als Grundschüler ins Heim kam.

---

[24] Das Weckamin Kaptagon (Handelsname von Fenetyllin) wird als Sympathomimetikum und Stimulans verwendet. Es enthält dieselben Wirkmechanismen wie Amphetamin und Methamphetamin.

14.6.3 Lysergsäurediethylamid

Im Frühjahr 1974 schrieben wir das „Mathe-Vorabi". Johnny[25] und ich bereiteten uns auf Schulaufgaben gemeinsam und sehr effektiv vor. Daher wollten wir an Allerheiligen uns für Mathe in seinen Heimatort Schwarzenbach im Fichtelgebirge zurückziehen. Frank, am Verzweifeln, schloss sich uns an. Wir bearbeiteten die Abituraufgaben der Vorjahre sehr gut. Schließlich bedankte sich Frank damit, dass er uns LSD-Trips anbot. Wahnsinn! LSD! Das ist die Innenseite, das ist die echte abgefahrene Welt. Die Trips, kleine Tablettchen kosteten schon ein bisschen mehr als Haschisch, aber er schenkte sie uns. Wir nahmen an. Ich selbst zögerte, beschloss dann aber: Die Erfahrung machst du und dann hörst du sofort wieder auf; du willst ja nicht süchtig werden. Deininger hatte übrigens ein freistehendes Häuschen, das wir gebrauchten oder missbrauchten.

Der Trip war geil. Wir saßen auf der Couch und lasen Mickey-Mouse und Donald Duck. Wir lachten uns schief, weil wir erst jetzt den tiefen Sinn dieser Strips verstanden, der vermutlich sogar den Machern entgangen war. Dann besorgten wir uns frisches Brot. Es war schon dunkel und wir sahen, wie sich die Leute in der beleuchteten Bäckerei bewegten. Das fand ich geil wie einen Film. Dann schmierten wir auf das frische Brot Leberwurst und waren uns sicher, noch nie so etwas Gutes gegessen zu haben.

Ich hatte dann mein eigenes Anliegen und malte Aquarelle. Nie zuvor und niemals danach sah ich Farben so tief und dreidimensional. Ich habe die Bilder noch heute, sie sind auch farbenprächtig, aber ich sehe sie natürlich nicht unter Drogen.

Irgendwann gingen wir ins Bett. Frank hatte uns noch eine Warnung zukommen lassen: niemals in den Spiegel schauen, in die eigenen Augen blicken. Ich befolgte die Warnung. Außerdem hatte er Aspirin dabei, weil einen das angeblich runterholt. Für den Schluss sollten wir ein Pfeifchen rauchen, weil das die Folgen am nächsten Tag abdämpft. Wir taten es. Ich kübelte freilich anschließend. Irgendwie war mir die Sache wohl nicht geheuer. Ich putzte anschließend das Bad sauber. Trotzdem fühlte ich das

---

[25] Hubertus wurde nach dem Rockgitarristen Johnny Winter benannt.

„Runterkommen" vom Trip. Es war, als hätte mich jemand grün und blau geschlagen.

Am nächsten Tag war Sonntag. Im Gottesdienst begegnete ich Frau Mücke, die ich aus Bad Alexandersbad von unseren Familienfreizeiten her kannte. Ich fand sie ganz nett und plauderte mit ihr wie ein harmloser Schüler. Sie lud mich dann zum Kaffeetrinken ein. Johnnys Mutter wiederum fragte mich, ob wir Drogen nähmen. Mit schlechtem Gewissen log ich. Aber ich konnte später nicht mehr Haschisch rauchen, mir wurde schlecht.

Natürlich ging es irgendwann heim. Zuhause unterhielt ich mich wie immer ausführlich mit Mutti, die an mir immer interessiert war. Heute verstehe ich sie noch besser als damals, aber schon damals spürte ich: Ihr Interesse ist echt. Darum vertraute ich ihr das „Geheimnis" auch an. Sie meinte, sie hätte es in meinem Alter wohl auch probiert, weil sie neugierig war. Vati war schon distanzierter, vielleicht innerlich sogar entsetzt. Aber es war klar, dass ich den beiden vertraute (was Frank später unmöglich fand) und sie vertrauten auch mir, dass es bei dem Experiment blieb. Ich wollte heute nicht, dass meine Söhne es probierten, weil ich weiß, dass es schon beim ersten Mal Komplikationen fürs Leben geben kann.

14.6.4 No more drugs

Bald darauf hörte ich auf, diese Art von Drogen zu nehmen. Bei LSD war klar: ich fürchtete die Gefahren und härtere Drogen wie Heroin kamen für mich daher überhaupt nicht Frage. Bei Haschisch war das anders. Das galt als harmlose Droge, ist es vielleicht auch. Aber: Ich erlebte, wie meine Kameraden blöde kichernd in der Ecke saßen und sich für die Überflieger hielten. Allein schon das Lachen heilt ich für beknackt. Nein, so wollte ich nicht sein und auch nicht werden! Ich ließ es also sein. Bis auf eine Ausnahme.

In Schweinfurt gehörte zu meinem Freundeskreis Gerhard. Der war ziemlich durcheinander, wusste nicht, was er machen sollte. Aber er hörte von meinen Experimenten und wollte, dass ich ihm LSD besorgte, Haschisch hatte er schon geraucht. Er drängte so lange, bis ich nachgab. Aber er wusste nicht, wie LSD aussieht. So besorgte ich mir über „Drucker" Kaptagon N1, dessen stimulierende Wirkung ich kannte[26]. Wir „schmissen" also das vorgebliche LSD ein. Gerhard war enttäuscht und mutmaßte, ich hätte ihn getäuscht, was ich mit gutem Gewissen, weil fürsorglich, abstritt. Es passierte wirklich nichts. So rauchten wir noch ein Pfeifchen, obwohl ich schon Schluss gemacht hatte. Das alles fand ich so übel, dass ich es nicht nur zum Kotzen fand, sondern wirklich kotzte. Drogen als Experiment, okay, aber doch nicht als Lebenseinstellung.

14.6.5 Sauerstoffmangel

Johnny war ein Wilder. In der Band traktierte er das Keyboard und ansonsten das Leben. Er schaffte es dennoch zu einem Studium, für das man einen hohen Numerus-Clausus brauchte.

Einige Zeit lang war es Mode, tief einzuatmen und sich dann von einem anderen den Oberkörper fest zusammendrücken zu lassen; dann sah man Farben; es war gesundheitsgefährlich, da es direkt mit dem Gehirn und seiner Sauerstoffversorgung zu tun hatte. Bei einem Kick blieb Johnny einige Zeit am Boden zuckend liegen. Wir wussten nicht, was los war und ob er wieder aufwacht. Er war hinterher total begeistert. Aber uns Zuschauern waren Bedenken gekommen. Johnny stürzte sich manchmal so unkontrolliert in etwas hinein, hatte offenbar wenig inneren Halt.

In jener Zeit diskutierten wir bei einem Spaziergang über den Tod. Für ihn war ein toter Mensch nur ein Fleischklumpen. Das konnte ich nicht akzeptieren, habe es mir aber gemerkt. Die Oberstufe war für ihn die wichtigste Zeit im Leben. Es war wirklich eine Zeit mit einem weiten Horizont. Aber für heute bleibt die Aufgabe der Integration von Vergangenheit und Gegenwart.

14.6.6 Kotzen und Adel

Eines Abends spielten sie auch beim „Heimball". Ich war in der elften Klasse. Viele von uns waren da, konnten aber mangels Partnerin nicht tanzen, anders als die ehemaligen Heimschüler, die oft paarweise anrückten. Entsprechend stieg der ausnahms-

---

[25] Freilich ging ich bei mir über den Versuch nicht hinaus. Ich wollte wirklich wissen, was ich lernen kann. Ich wollte keine Verfälschung.

weise erlaubte Alkoholkonsum. Irgendwann fühlte ich mich bettschwer. Also begab ich mit auf mein Zimmer und legte mich hin. Ich fuhr Karussell. Alles drehte sich um mich und ich konnte es auch nicht abstellen. So ein Suff-Erlebnis hatte ich noch nie und es war scheußlich. Plötzlich wurde mir speiübel und ich kotzte wirklich, zum Glück nur neben das alte Radio, das an meinem Bett stand.

Später kam Lanz von Liebenfels, der zwei Jahre über mir war und im gleichen Stock wohnte, zufällig herein. Er sah die Bescherung, rief so etwas wie „O Scheiße" und begann dann, alles aufzuwischen. Er wirkte oft etwas arrogant und ich mochte ihn nicht besonders. Aber da überzeugte er mich total: Einfach so die Kotze aufzuwischen und volles Mitgefühl für einen zu haben, der besoffen war, dazu gehörte schon etwas. Wir wurden keine Freunde, aber meine Achtung blieb.

Unsere Schule mit Peter Schulz deklamierend

14.7 Ein Manifest vom Oktober 1973 „*Gelaismus*"

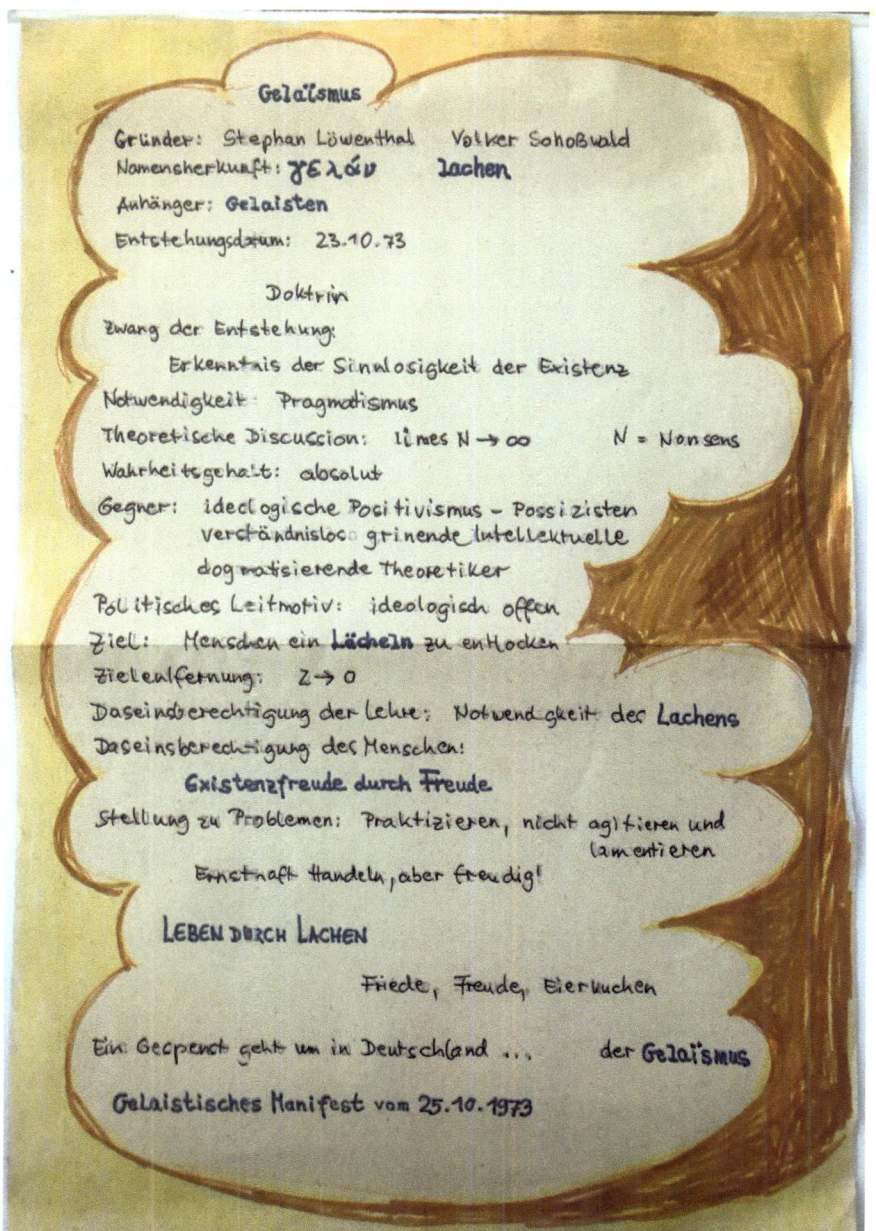

Gelaïsmus

Gründer: Stephan Löwenthal   Volker Schoßwald
Namensherkunft: γελάυ   **lachen**
Anhänger: Gelaisten
Entstehungsdatum: 23.10.73

Doktrin

Zwang der Entstehung:
  Erkenntnis der Sinnlosigkeit der Existenz
Notwendigkeit: Pragmatismus
Theoretische Discussion: limes $N \to \infty$ N = Nonsens
Wahrheitsgehalt: absolut
Gegner: ideologische Positivismus - Possizisten
  verständnislos grinende Intellektuelle
  dogmatisierende Theoretiker
Politisches Leitmotiv: ideologisch offen
Ziel: Menschen ein **Lächeln** zu entlocken
Zielentfernung: $Z \to 0$
Daseinsberechtigung der Lehre: Notwendigkeit des **Lachens**
Daseinsberechtigung des Menschen:
  Existenzfreude durch Freude
Stellung zu Problemen: Praktizieren, nicht agitieren und
  lamentieren
  Ernsthaft handeln, aber freudig!

LEBEN DURCH LACHEN

Friede, Freude, Eierkuchen

Ein Gespenst geht um in Deutschland ...   der **Gelaïsmus**

Gelaistisches Manifest vom 25.10.1973

14.8 Thema Suizid

Eine Nachbarstochter, die ich sehr mochte, kam eines Abends (wir waren um die 15) nicht nach Hause. Alle machten sich Sorgen. Das ging so weit, dass Klärchen und ich in die Stadt gingen und sie suchten. Wir suchten dort, wo wir als Jugendliche öfters mal hingingen, z.B. den Gemeindesaal der Kilianskirche, wo wir Party machten. Wir fanden sie nicht. Tatsächlich wurde sie von anderen gefunden, ganz nahe an dieser Stelle, beim alten Friedhof[27]. Sie lag bewusstlos in einem Gebüsch. Man brachte sie gleich ins Krankenhaus. Dort besuchten wir sie auch. Ich sah ihren Vater, wie er neben seiner Tochter saß und ihre Hand hielt. Sie war aus der Ohnmacht nicht erwacht. Sie blieb eine Tage bewusstlos. Ich sah, wie sie kämpfte, wie sich der Körper aufbäumte und sie angebunden war. Sie überlebte. Den Tod hatte sie gesucht, weil sie ihre Lebensziele nicht verfolgen durfte und unter den häuslichen Zwängen litt. Da sie ihr Leben erfolgreich weiterführte, lernte ich, dass der Wunsch zu sterben nicht unbedingt bleibt und sich die Fülle des Lebens wieder erschließen kann. Ein Suizidversuch ist oft kein Nein zum Leben, sondern ein Nein zu den Lebensumständen.

Bei einem anderen Freund war es anders. Er begab sich in todessehnsüchtige Stimmungen, indem er etwa Pink Floyd anhörte und sich den Tod wie ein ewiges, wohliges Schweben durch den Weltraum vorstellte. An meinem Geburtstag 1974 erhielt ich von Wolfgang eine Karte: Er hat sich umgebracht! Zur Beerdigung ging ich im Anzug, den ich sonst nie trug. Aber ich wollte ihm eine Ehre erweisen.

15 Die Reise-Geschichten zum Erzählen

15.1 In England mit Wolfgang 1972

15.1.1 Der Schlafsack und die Schnecken von Dover

Wolfgang und ich starteten mit der Fähre von Zeebrugge aus Richtung Dover. Die Überfahrt war toll. Der Hafen blieb hinter

---

[27] Vorfahren von mir waren die letzten, die dort bestattet wurden. Meine Großmutter Käthe lag dann bereits auf dem „Neuen" Friedhof.

uns. Irgendwann kamen die White Cliffs in Sicht. Aber bei der Ankunft war schon Nacht. Mit vielen Gleichgesinnten machten wir uns auf den Weg zum Youth-Hostel. Ich denke, vorher waren noch die Passkontrolle und das Geldwechseln.

Schock bei der Jugendherberge: Sie war bereits geschlossen. Wir kamen wirklich nicht mehr hinein, wie die anderen auch. Mit so etwas hatten wir nicht gerechnet. Was tun? Wir packten unsere Schlafsäcke aus und legten uns im Vorgarten der Jugendherberge zum Schlafen. Meiner Erinnerung nach schlief ich prima. Natürlich wurde es früh frisch und feucht... Als die Türen geöffnet wurden, wachten wir de facto auf.

Als ich meinen grünen Schlafsack zusammen rollte, gab es glitzernde Streifen darauf. Was war das? Da blitzte es in mir auf: Spuren von Schnecken. Sie müssen nachts über mich gekrochen sein... Naja, gemerkt habe ich es jedenfalls nicht.

15.1.2 Im Gepäckwagen nach London zu den Kronjuwelen

In der Jugendherberge meldeten wir uns gleich an, bekamen Plätze, frühstückten und legten uns dann mal flach. Aber bald wachten wir wieder auf und fragten uns: Wollen wir wirklich in Dover bleiben? Wir beschlossen: Nein. Und checkten uns wieder aus. Es kostete nichts... Dann stellten wir uns an die Straße, um in die Hauptstadt zu trampen, aber... zig andere stellten sich auch hin. Natürlich wurden die Mädels zuerst mitgenommen.

Frustriert wanderten wir zum Bahnhof. Dort lösten wir das Ticket nach London. Aber! Wir mussten im Gepäckwagen reisen, so voll war es. Voll, aber auch romantisch, vor allem, als draußen die typischen Backsteinhäuserreihen auftauchten. Das war wirklich britisch pur. Dazu die eigentümlichen Kamine.

Unsere Jugendherberge war in Earls Court und so sah sie auch aus: Schnuckelig englisch. Wir machten unsere „Duty" und genossen es, dass man mit Bus und U-Bahn gut unterwegs war.

Natürlich besuchten wir auch den Tower und die Kronjuwelen. Diese beeindruckten mich nicht besonders. Der Prunk schien mir so selbstverständlich und die Kunst wenig beeindruckend. Mehr beeindruckte mich das Anstehen für die Eintrittskarten. In England, das wusste ich aus dem Englisch-Unterricht, ist eine der wichtigsten Tugenden das Queue-Up, also sich brav in die Reihe anstellen. Das taten wir auch und plötzlich merkte ich, wie ein Mann weiter vorne sich seltsam bewegte. Ich hatte es gesehen: Ein Rabe, der dort Legendenstatus besitzt, hatte aus der Luft heraus seine Exkremente nach unten geschickt. Sie landeten hinten auf der Jacke des Mannes. Der bekam aber nicht wirklich mit, was geschehen war, bis eine Frau leicht aufschrie. Dann kamen die beiden schnell ins Gespräch. Er war entsetzt. Sie aber holte ein Papiertaschentuch hervor und putzte die Stelle ab. Damit war Frieden. Und es wurde sehr viel gelächelt, auch zwischen den beiden.

Manchmal merkt man sich irgendeinen Scheiß und die Juwelen sind einem egal…

Dann ging es zum bunten Piccadilly Circus und zur besungenen *Carnaby Street*. Dort musste man mal gewesen sein, wenn man „in" sein wollte. Das stimmte zwar 1972 bereits nicht mehr, weil die Mode längst weitergewandert war, aber ich kaufte mir doch noch einen Ring wie einen Siegelring. Ich habe ihn heute noch auf dem Schreibtisch präsent.

Selbst Madame Tussauds Wachsfigurenkabinett suchten wir auf. Mich irritierte Hitler, auch wenn er auf dem Weg zum Gruselkabinett stand. Dort war Jack, the Ripper das Gruselobjekt. Die Schlacht von Trafalgar stieß mich ab. Daraufhin erreichte ich Elvis. Elvis Presley, der plötzlich zu singen anfing. „Love me tender". Dazu bewegte sich seine Gitarre. Aber ein Rock ‚n Roller mit einem Schmusesong? Das passte mir gar nicht. An die Beatles erinnere ich mich interessanter Weise gar nicht mehr, die registrierte ich erst 2005 in Hamburg.

15.1.3 Going up the country über die M1 bis Wandlockhead

Als wir dann doch London verließen, um noch mehr von der Welt zu sehen, trampten wir auf der M1. Inzwischen sprachen wir Englisch zwar nicht wie unsere Muttersprache, aber selbstverständlich. Für mein Gefühl war der Fahrer so im mittleren Alter – das war alles, was nicht mehr Jugend und noch nicht Großeltern war. Wir gondelten also die Autobahn entlang, als er zu fluchen begann. Wir checkten nichts. Dann ratterte es ein bisschen und er fuhr auf den Seitenstreifen. Wir stiegen aus. Flat-Tire! Also ein Platter. Mühsam wechselte er die Räder, ich glaube, wir konnten ihm nicht mal zur Hand gehen… trotzdem prägte es sich mir tief ein, dass plötzlich ein Platter da wäre.

Natürlich mussten wir uns an den Jugendherbergen orientieren. Die nächste war in Schottland und zwar in Wanlockhead. Das ist totale Pampa. Der freundliche Fahrer, der uns mitnahm, ließ uns an einer Motorwayausfahrt raus und wir wanderten zur Jugendherberge. Laufen gehörte ungefragt zu unserem Konzept. „Das Wandern ist der Trampers Lust"

Lust hin oder her, wir fanden den Weg auf der Landstraße, die sich rot durch die sattgrünen Wiesen schlängelte. Ich hörte hämisches Lachen, das mich irritierte. Doch dann merkten wir: Das waren die Schafe auf den saftigen Wiesen, die mähten. Gut, die durften das. Und so schleppten wir Rucksack und Gitarre weiter bis zum Dorf.

Das war wirklich eine Strecke. Die Jugendherberge bot uns eine wunderbare Küche (mit Kohleherd), auf der wir die Baked Beans warm machen konnten. Waschen mussten wir uns im Freien, an einer Rinne, die offenbar auch als Tränke für die Kühe diente. Es war kaltes Quellwasser. Aber das gehörte zu diesem Trip und es war gut. Was die Mädchen machten, weiß ich nicht.

15.1.4 Mit Cordschuhen auf den höchsten Berg

Ich wusste, dass ich zum Ben Nevis wollte. Mutti las mit Begeisterung die Geschichten von Lord Ben Nevis und nun war ich in der Nähe des gleichnamigen Berges. Wir fanden die Jugendherberge in Fort William. Das fand ich schon mal spannend, es klang so nach Karl May. Aber es war eine normale einfache Jugendherberge, wieder mit vielen Gleichaltrigen.

Am nächsten Morgen ging es los. Unschuldig, wie ich war, trug ich Cordschuhe. Echt bequem. Mit denen begab ich mich auf den höchsten Berg der britischen Insel. Irgendwie fanden wir es blöd, immer in Serpentinen mit den anderen Touristen hochzuschleichen und wir beschlossen: Wir nehmen eine Abkürzung. Wir steigen einfach den Berg hoch und auf der anderen Seite wieder herunter auf den Weg. Gedacht, gesagt, getan. Das Hochsteigen wurde zunehmend zum Klettern. Irgendwann kamen Bedenken, kam Bammel und Wolfgang und ich beschlossen: Jetzt müssen wir doch zurück und den Touristenweg gehen. Aber zurück?

Suchbild: Wer entdeckt Volki auf dem Weg zum Gipfel?

Ich schaute zurück, ich schaute nach unten und schauderte: Der Berg war wahnsinnig steil. Da sollte ich wieder hinunter? Wie sollten wir das machen? Rauf ging es gut, da sah man immer wieder, wo man sich festhalten konnte. Aber bergab? Da musste man nach unten schauen und der Schritt war nicht so sicher. Runterrutschen konnte man aber auch nicht, das war zu steil. Selten in meinem Leben hatte ich solche Angst. Aber es gelang, Stück für Stück und Stein für Stein. Erleichtert kamen wir in flachere Gefilde und schlichen uns zum Trampelpfad. Brav folgten wir nun den Massen.

Ich hatte es eiliger als Wolfgang und eilte mit Cordschuhen und Cordjäckchen voran. Freilich holte er mich wieder ein. Als ich in ein Kar hineinstieg, fotografierte er mich sogar. Kaum zu sehen, wie klein der Held war.

Aber schließlich eilte ich doch nach vorne und wir verloren uns aus den Augen. Kein Wunder, denn dann kam der Nebel. Nebel heißt in diesem Fall: Wolken.

So erreichte ich den Gipfel. Welche Enttäuschung. Dort gab es nix. Die Hütte, die das Ziel hätte sein können, war nieder gebrannt. Die Wolken gaben keine Sicht frei. Ein Italiener sprach mich an. Unterhalte dich mal als Deutscher auf Englisch mit einem Italiener! Das war schwer. Aber er verfügte über einen Kuchen, an dem er mich teilhabenließ. Das war weniger schwer. Schließlich stieß Wolfgang dazu. Wir genossen die fehlende Sicht und machten uns auf den Rückweg. Der war natürlich leichter.

Zurück in der Jugendherberge ging es uns gut. Wir hatten etwas schafft: Den höchsten Berg Großbritanniens.

Nach dem Ben Nevis ging es Richtung Osten und das hieß: Wir fahren am Loch Ness vorbei. Dort lernten wir den Spruch kennen: „Ein Schotte kann immer sagen, ob es regnen wird oder nicht: Wenn du übers ‚Loch' schauen kannst, regnet es bald. Wenn du nicht übers ‚Loch' schauen kannst, regnet es schon.

An Loch Ness konnten wir drüber schauen, aber die berühmte Nessie, das Seeungeheuer sahen wir nicht – oder nur auf einem Schild. Meines Wissens gibt es das Schild schon lange nicht mehr. Aber wir haben es dokumentiert:

In Holland nahm uns ein LKW-Fahrer mit. Mitten in der Nacht, denn wir wollten Richtung Heimat. Wir saßen beide vorne mit drin und der LKW-Fahrer bat mich, auf Holländisch vermutlich, ihm die Tasche zu reichen. Ich sah aber keine Tasche, blickte mich nur suchend um. Er wiederholte es: „Tasche!" Ich blickte nicht durch. Irgendwann seufzte er genervt, lange rüber, öffnete eine Klappe und holte sich eine Tasse heraus, in die er dann Kaffee aus einer Thermoskanne schüttete. Es war ja schließlich Nacht. Merke: Holländer sprechen kein Deutsch, auch wenn es ähnlich klingt!

15.2 Venedig mit der Familie 1973

In Venedig übernachteten wir am 23. April. Ich wurde 18 Jahre und bekam 1000 Lire, umgerechnet 1DM, was ungefähr dem Gegenwert von einem Espresso entsprach. Aber „1000" war beeindruckend.

Am Kanal malte ich als Aquarell den Blick von der Jugendherberge zum Markusplatz und schöpfte dazu Wasser aus dem Canale Grande.

Wir fuhren mit öffentlichen Verkehrsmitteln auf dem Canale Grande:

Gitte: *„Die eine steigt aus*
Zehn steigen ein
Da müssen unterwegs doch ein paar abgefallen sein."

15.3 Zweiter England-Trip mit Johannes73

15.3.1 Gewürztraminer

Auf der Fahrt Richtung England kamen wir auch durch Rheinland-Pfalz, wo wir einen Platz für das Zelt suchten. Wir durften in einem größeren Vorgarten übernachten und der Besitzer schenkte uns eine Flasche Wein. „Gewürztraminer"! Johannes ächzte: „Ein wunderbarer Wein."

15.3.2 London und St. Paul

Angekommen in London, fuhren wir mit dem Bus in die Innenstadt und ich fragte arglos ein Mädchen: „Where do you sleep tonight?" Sie blickte mich an, als hätte ich einem unsittlichen Antrag gemacht. Dann merkte sie, dass wir einfach nicht wussten, wohin und sie empfahl uns zur Übernachtung St. Paul, eine Hilfs-Jugendherberge.

Auf mich wirkte diese Unterkunft wie ein umgebautes Parkhaus, purer Beton und Räume mit gefühlt hunderten von Betten, Stockbetten. Mir war nicht so ganz wohl. Um mich selbst hatte ich keine Angst, aber meinen Geldbeutel und meine Papiere packte ich in meine Unterhose. Da waren sie am nächsten Morgen auch noch.

15.3.3 Wishaw

Die Partnerstädte von Schweinfurt in Schottland sind Motherwell und Wishaw, natürlich Industriestädte. Wir trampten bis in die Nacht hinein. Ich glaube, es war ein uralter Bentley, der einst vornehm war, mit dem wir die letzte Strecke erlebten. Ständig dampfte das Kühlwasser. Einmal steuerte der Fahrer bei Dunkelheit einen Bauernhof an, um Wasser nachzufüllen. Wir erreichten das Ziel in den Morgenstunden. Die gelben Straßenlampen beleuchteten die tiefhängenden Wolken. Es wirkte gespenstisch. Auf einer Verkehrsinsel postierten wir unser Zelt. Doch wir hatten Hunger und klopften an einem Haus, wo schon Licht war, ob wir was zum Frühstück bekämen. Es wurde uns was vor die Tür gestellt (sogar mit Plätzchen und Tee...). Aber wir sahen nur die Hand. Irgendwo ein gesundes Misstrauen gepaart mit Hilfsbereitschaft... es muss so gegen 5Uhr früh gewesen sein.

Unser Zelt stellten wir auf einer Verkehrsinsel auf. Auf die Planeschrieb Johannes: „We are from Schweinfurt". Die Polizei schaute auch mal kurz vorbei, aber es war alles in Ordnung. Dann kam sogar die örtliche Presse für ein Interview und Bilder. Leider sahen wir davon nichts...

Es war aber das Zelt von Wolfgang, das er uns geliehen hatte. Wolfgang war später sauer, Johannes revanchierte sich nicht, sondern relativierte das bisschen Farbe und ich hatte ein schlechtes Gewissen, so schlecht auf Wolfgangs Zelt aufgepasst zu haben. Johannes kannte relativ wenig Skrupel. Da passten wir zwei nicht so gut zusammen, wenngleich wir nicht nur bis 1971 in die selbe Klasse gingen[28], sondern auch gemeinsam im „Wahlzeichnen" gewesen waren, also der Kunstgruppe der Schule und unsere Väter beide Lehrer waren und gemeinsam Faustball spielten. Seine Eltern fand ich übrigens spießig, meine nicht.

15.3.4 Frankenstein

In Wishaw besuchten wir eine Familie, die Johannes durch einen Austauschschüler kannte. Sie waren sehr freundlich. Der Sohn zeigte uns, was er auf der E-Gitarre brachte (ich glaube, es war nicht sehr gut; aber wir wollten auch nicht zuhören, sondern lieber selber produzieren). Es gab etwas mit Minzsoße zum Essen. Wir durften mit Fernsehen. Es kam ein Frankenstein-Film, natürlich auf Englisch; aber für uns ein Höhepunkt: Das Monster wacht auf und sagt: „Wou bän äch?" und zwar auf Deutsch, von einem Engländer gesprochen...

15.3.5 "Time to get up" London Victoria Station

Start in Inverness: Wir trampten von Schottland aus glatt durch und waren uns sicher: Wenn wir vor Mitternacht in London sind, können wir mit der TUBE zum Bahnhof fahren. London ist schließlich eine Weltstadt. Aber Pustekuchen! Wir kamen tatsächlich um 24 Uhr an, punktgenau, an der Endhaltestelle der U-Bahn. Ich vermute, es war Henton Central. Aber das Gitter war

---

[28] Johannes hatte in der achten Klasse Elisabeth im Visier, ich stand auf Franziska. Beide (Fanny war Apothekerstochter aus Schonung) wählten Griechisch als nächste Fremdsprache, woraufhin Johannes meinte, wir sollten das auch tun. Also lernte ich Griechisch. Aus den Beziehungen wurde nichts, obwohl ich sogar mal bei Franziska zu Hause eingeladen war. Es gab Innereien. Ich lobte sie und würgte sie hinunter. Aber Griechisch konnte ich im Theologiestudium gut brauchen.

schon geschlossen. Und jetzt? Wir waren praktisch pleite. Es half nichts: Wir mussten durch London zum Bahnhof Viktoria-Station wandern. Laut Google-Maps läuft man zweieinhalb Stunden. Johannes schleppte das Stangenzelt. Stundenlang trabten wir durch die nächtliche Stadt, von der wir zum Glück einen Stadtplan hatten. Irgendwann meinte Johannes, wir könnten es vielleicht doch mit einem Taxi versuchen. Ein paar Shilling hatten wir noch. Von hier aus könnte es reichen. Also winkte er ein Cab herbei. Wir fragten nach Victoria Station und zählten unser Geld. Es langte. Erleichtert bestiegen wir das große schwarze Taxi, gefühlt mit offenem Verdeck.

Im Bahnhof war natürlich nichts los. Wir gingen zu einer Bank, packten unsere Schlafsäcke aus und wechselten uns mit Wachen und Schlafen ab. Ich war wach, als frühmorgends ein Bobby vorbei kam und Johannes anstupste: „Good morning, Sir. I think, it's time to get up and have a little breakfast..." War dies nicht formvollendet, obwohl wir wohl wie Penner wirkten? Der Bahnhof erwachte, die Arbeiter kamen in ihren Zügen an und bald herrschte voller Trubel. Wir nahmen dann den Zug bis zur Fähre.

Victoria-Station 1973 frühmorgens: Die Arbeiter kommen.

16 Türkei 74

mit Wolfgang Reisky, Günther Trapp und Helmut Daller

16.1 Führerschein

Wolfgang und Dallermann, Günter und Schossi hießen die beiden Fahrteams in die Türkei. Also immer einer mit Führerschein und ein Beifahrer. Wolfgang hatte einen VW-Bus gekauft, mit Stockschaltung, und ich hatte extra den Führerschein gemacht, damit wenigstens zwei fahren können. Meinen Führerschein machte ich übrigens heimlich in Uffenheim. Am 21. September 1973 hatte ich meine erste Fahrstunde, am 7. März meine Prüfung.

Bei der Prüfung war ich der siebte. Alle sechs vor mir fielen durch. Einen sah ich von der Fahrschule aus den Berg hinunterfahren. Unten war eine Ampel. Er fuhr bei Rot durch…

Als ich die Fahrprüfung bestanden hatte, schaute sich der Prüfer mein Bild an. Inzwischen hatte ich mir das Haar schneiden lassen. Da sagte er: „Na, jetzt siehst du doch wieder normal aus!" Das fand ich übergriffig.

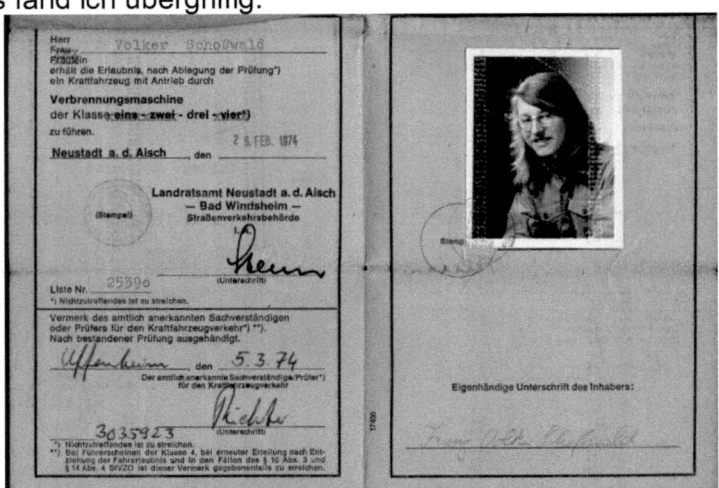

Und dann kam ich nach Hause. Dort sagte ich: „Vati, ich will mal zu Johannes fahren. Kann ich das Auto haben?" Fassungslos blickte mein Vater mich an. Die Eltern hatten keine Ahnung. „Dazu brauchst du doch den Führerschein! Willst du einen Führerschein machen?" „Nein, Vati, den habe ich schon gemacht!" Stolz zeigte ich ihn. Dass ich ihn heimlich gemacht hatte, bedeutete auch: ich hatte ihn selbst bezahlt, von meinem Ferienarbeitsgeld! Ich wollte einfach autark sein. Meinen Tanzkurs hatte ich entsprechend auch selbst bezahlt. Unabhängigkeit war mir wichtig.

16.2 Bananenschale, Acker und Abgrund Türkei 1974
„Hey, spinnst du?" Ich stieg voll auf die Bremse.

Das war so: Im August 1974 ging es in die Türkei. Vier Jungs in bester Stimmung. Wir fuhren gerade durch Österreich und Wolfgang und Dallermann aßen Bananen, als Helmut seine Bananenschale herumwirbelte und mir voll zwischen die Füße, also glatt zwischen die Pedale.

„Hey, spinnst du?" Ich stieg voll auf die Bremse und fuhr rechts ran: „So nicht! Da mach ich nicht mit!" Ich war total sauer. Das hätte einen Unfall verursachen können. Ich stieg aus und weigerte mich, weiterzufahren. Sie redeten auf mich ein und dann setzte sich zur Entspannung Wolfgang ans Steuer und es ging doch weiter.

In Belgrad schauten wir uns die Stadt an und begegneten Mike. Sein Vater arbeitete bei der Regierung und er lud uns ein, bei ihm in der Wohnung zu übernachten. Allerdings reichte der Platz nur für zwei und so blieb das Team Günter/Schossi im Bus. Irgendetwas stimmte wohl mit unserer Beleuchtung nicht, denn am nächsten Morgen war unsere Batterie alle. So mussten wir den Bus anschieben. Da wir aber oben an einem Berg standen, konnten wir durch Anrollen das Problem meistern. Von Mike bekam ich sicherheitshalber einen Stadtplan, den ich bis heute habe.

Wir schrieben den 3. August und kamen nach Bulgarien. Nach der Grenze merkten wir, dass das Benzin knapp wurde, aber kein Ort in Sicht war. Bis Sofia hatten wir noch 60 km vor uns. Zum Glück ging es hier bergab und wir ließen den Wagen kilometerlang rollen. Doch es reichte! In Sofia konnten wir tanken, umgeben von LKWs, die aus der Steinzeit zu sein schienen. Dann irrten wir durch die Stadt, bis wir die Jugendherberge fanden. Waschen konnte man sich im Freien in einer Reihe... Das war ebenso spartanisch wie abenteuerlich. Sofia war für mich eine Zeitreise in die Vierziger mit den Straßenbahnoberleitungen und den alten Militär-LKW.

16.3 Radler aus der DDR

„Schau mal!" Wolfgang zeigte nach vorne. So etwas hatten wir noch nie gesehen. Vor uns ein Radler und auf seinem Schutzblech ein Länderschild: DDR.

Dann erreichten wir die Türkei. Vor der Grenze (von Bulgarien Wir waren im kommunistischen Ostblock, zu dem Bulgarien ebenso wie die DDR gehörte und fuhren gerade eine lange Strecke bergab. Nun sahen wir den Radler, der ziemlich flott unterwegs war. Mitsamt dem Länderkennzeichen. „DDR" prangte an seinem hinteren Schutzblech. Wir überholten und stoppten ein Stück weiter bei einer Haltebucht. Dann warteten wir, bis er in Sicht kam und winkten. Er hielt. Wir luden ihn ein, etwas zu trinken und unterhielten uns eine gute Weile. Dann wollten wir weiter und boten ihm an, das Rad auf unserem Dach zu fixieren und ihn mitzunehmen. Er nahm an. Er hieß Hans-Peter Czygan und ich begann mit ihm einen Briefkontakt. Zunächst dachte ich, er wohne in FOZZ LEIPZIG. Aber dann stellte sich heraus, es war 7022 Leipzig…

aus): uns beeindruckt die ungewohnte lange Schlange. Wir haben das Dach des Busses geöffnet und schauen hinaus. Die meisten anderen fahren "heim" in die Türkei.

16.4 Türkiye is bankasi

"Türkiye is bankasi" lasen wir immer wieder. Das prägte sich ein... Wir zelteten beim Campingplatz Harmanli mitten in der Pampa. Als Dallermann sich den Wasserbehälter schnappte, den ich gerade auffüllen wollte, kam es zum Gerangel. Wir kämpften und dabei ergoss sich das Restwasser über uns. Irgendwie war echte Aggression auch mit im Spiel. Wir waren wohl doch zulange zu eng aufeinander gehockt.

In die Innenstadt von Istanbul wollten wir dann doch nicht mit dem Auto. So handelten wir einen guten Taxi-Preis aus, bekamen dafür ein Taxi mit Reifen ohne Profil und merkten, wie oft solche Taxis Pannen hatten. An einer stinkenden Gerberei vorbei kamen wir ins Zentrum, wo wir durch einen wohlriechenden Bazar schlenderten. Herrlich, diese Gewürze, diese Farben, diese Stoffe. In kleinen Restaurants gab es Essen mit viel Pilav. Am besten mundeten mir in Öl gedünstete Auberginen. „Uludag" hieß die heimische Limo und schmeckte wie flüssige Gummibärchen.

Beim Besuch des Sultanspalastes Topkapi faszinierte mich ein „Haar vom Barte des Profeten Mohammed".

16.5 Die Münzen von Pamukkale

„Meine Güte! Dich kann man ja leicht betrügen!" Wolfgang lachte mich aus. Ich bereute es dennoch nicht.

Eigentlich war es purer Zufall, dass wir nach Pamukkale kamen. Der Ausgrabungsort Hieropolis interessierte mich und dann wurde es faszinierend: weiße, weichgespülte, kalkbedeckte Felsen eines Wasserfalls. Wir konnten hinein und in warmen Wasser uns auf den Kalkterrassen suhlen. Das hatten wohl schon die alten Römer gemacht, die dann eine tolle Stadt daneben bauten. Heute war es nur noch ein ärmliches Dorf mit einem teuren Hotel. Wir nächtigten bei einfachen Leuten auf dem Dach! Wirklich auf dem flachen Dach mit einem tollen Blick über die Ebene.

Als wir zu den Ausgrabungen gingen, winkte mich ein armselig aussehendes kleines Mädchen zu sich. Sie zeigte mir eine alte Münze. Ob ich sie kaufen wollte? Ich wollte. Ich kaufte zwei Münzen für 5 Mark. Deswegen lachte Wolfgang mich dann aus, weil ich auf die Mitleidstour reingefallen war, denn das Mädchen brachte das Geld dann schnurstracks einem Erwachsenen. Aber was solls... Ich bedaure lediglich, dass ich die Münzen heute nicht mehr habe.

16.6 Peperoni in Eskisehier

„Erst brennt es vorne, dann brennt es hinten!" lachte ein älterer Türke, der in Deutschland gearbeitet hatte. Er war der einzige, der uns verstand, wenn wir redeten. Wir waren in Eskisehier.

Eskisehier sagte mir damals noch gar nichts. Ich wusste nicht, dass mein Großonkel hier schon 1916 als deutscher Soldat für die Türken eingesetzt war.[29]

Wir waren in einer Kneipe gelandet und in eine Art Gespräch mit Einheimischen verwickelt. Das Gespräch lief über die Namen von Fußballern wie Beckenbauer: Türkiy, Almanya, bumbum. Dann holte man einen, der Deutsch konnte, weil er bei Stuttgart gearbeitet hatte. Die Stimmung stieg, wir tranken Rhaki und dann gab es einen Wettstreit, wer mehr Peperoni essen könnte. „Brennt erst vorne, dann hinten…" lachte der Dolmetscher. Ich gewann. Übrigens ohne Folgen.

Dann wurde uns noch ein kulturelles Erlebnis nahegelegt, der Besuch des örtlichen Puffs. Aber wir blockten ab und machten uns dann auf die Weiterfahrt. Da wir nicht wussten, wie weit wir den neuen „Freunden" trauen konnten, fuhren wir etwa 20 km weiter und kampierten im Freien. Es war freilich stockdunkel.

„Heja!" lautes Rufen erklang. Was war los? Um uns herum pulsierte das Leben: Es war gerade Erntezeit und wir waren neben einem Feld gelandet. Nichts von trauter Einsamkeit!

Also packten wir unsere Sachen zusammen und düsten los. Irgendwo würden wir schon einen Morgentee trinken können.

Außerdem rauchten wir türkische Zigaretten: Schwarzes Papier und goldener Filter. Angeberei und trotzdem billig. In Frankreich kam ich dann später zur Gauloises Mais, also einer starken Zigarette in Maispapier. In Deutschland kam man an die nicht so leicht ran, es entwickelte sich in meinen Kreisen zu einer Kultzigarette.

---

[29] vgl. V. Schoßwald, Rekrut am Rande eines Völkermords

16.7 In an Oktopusses Garden

Wir waren in Bodrum auf dem Campingplatz. Dallermann kannte den Koch des Campingplatzes, weil er in Schweinfurt in der Nachbarschaft gewohnt hatte.

„Wolfgang!" schrie ich.

Er erschrak: „Was ist los?"

Ich war gerade aus dem Wasser aufgetaucht und deutete aufgeregt nach unten: „Paradies!"

Ich war überwältigt von dieser Welt, in die ich wortwörtlich eingetaucht war. „In an Octopusses Garden" hätte es sein können, als ich mit einer Schnorcheltaucherbrille ins Mittelmeer ging. Die Unterwasserwelt war phantastisch. Das lag auch am glasklaren Wasser und dem weichen Seegras. Tatsächlich bekamen wir dann einen Oktopus.

Der Koch des Campingplatzes bei Bodrum war ein ehemaliger Nachbar von Helmut und er versprach uns einen besonderen Leckerbissen. Er hielt Wort: Der frisch gefangene, leicht panierte Oktopus schmeckte so lecker wie ein zartes Spanferkel. Der Koch hatte sich besondere Mühe gegeben.

Tatsächlich erkundete ich noch das Mausoleum von Halikarnasse. Wow! Das Original von Mausolos!, also eines der sieben Weltwunder. Ich dachte, das gibt's gar nicht mehr.

Nebenan trank ich wieder mal Tee aus einer doppelwandigen Teekanne mit Wasser und Sud. Er war schmackhaft und preiswert, ein Gläschen mit Tee und Zucker. Und natürlich die Atmosphäre...

Vom Campingplatz aus wanderte ich auf eine Landzunge, um das Meer von oben zu sehen. Was für ein Blick! Phantastisch! Das Wasser war glasklar und der Boden gab fast ein Gemälde ab.

Freilich durften wir nicht überall hin, denn Meer und Militär gehört zusammen: Es war Krieg mit Griechenland. Wir sahen auch Fahrzeuge mit verdunkelten Scheinwerfern.

16.8 Rückfahrt

Auf dem Weg zum Bosporus starteten wir früh morgens, mit einem wunderschönen Sonnenaufgang, die Straße wie ein Band vor mir. Wir waren bester Laune als plötzlich. Da drüben war ein

Ziehbrunnen. Romantisch! „Achtung!" rief mein Beifahrer Günter. „Ah! Was ist das?!" Vor mir lag ein Feld. Ich bremste scharf, riss das Steuer herum und schaffte grade noch eine neunzig Grad Rechtskurve. Das hätte voll in den Acker gehen können!

Am Bosporus galt es, vorsichtig mit Licht zu sein: Zwischen der Türkei und Griechenland war Kriegszustand. Abgedunkelte Militärfahrzeuge fuhren herum.

Am Campingplatz war ein Hammel an einen Stamm gebunden. Er sollte wohl nicht auf die Schafe losgehen. Einer von uns war so gemein, ihm Knoblauch zum Fressen zu geben. Da wurde er ganz wild…

Und nachts lagen wir im Freien unter dem Sternenhimmel. Es war stockdunkel und wir sahen viele Sternschnuppen. Laurentiustränen.

In Europa erreichten wir Jugoslawien. Wir fuhren die Mittelmeerküste an der Adria entlang. Es war gebirgig, der Berg ragte rechst schroff hoch und ging links ebenso schroff in die Tiefe. Dazu mussten wir jeden Felsvorsprung ausfahren und natürlich war die Straße nur zweispurig. Aber es war die einzige Straße der Gegend und daher dicht befahren. Vor uns tuckerte ein lahmes Auto und ich war genervt. Schnell setzte ich den Blinker und überholte. Doch links von mir ging der Felsen grad in die Tiefe, die Straße ging bergab und von vorne nahe schon der Gegenverkehr. Was tun? In einer leichten Rechtskurve schaffte ich es grade noch, das lahme Auto zu überholen und wieder einzuscheren. Ich hatte Blut geschwitzt! Die andern übrigens auch: „Spinnst du?! Das ist doch viel zu eng! Wenn wir im Abgrund landen…!" Ich war kuriert. So etwas würde ich kein zweites Mal riskieren.

17 Geschichten zum Abitur

Meine Abiturzeit habe ich schulisch eher in angenehmer Erinnerung. Ich musste mich zwar anstrengen, aber ich hatte keine massiven Ängste, es nicht zu bestehen.

17.1 Mathe-Vorabitur: Falsch gespiegelt

Das Mathe-Abitur war beim sprachlichen Gymnasium vorgezogen in die 11. Klasse. Ich war mit zwei vorzensiert. Eigentlich stand ich zwischen zwei und drei. Ich schrieb gewissenhaft meine

Noten auf, wie auch manche KlassenkameradInnen und merkte beim Vergleich, dass ich notengleich mit G war, die eine aber drei bekam. Ich ging zum Mathelehrer und wollte auch eine drei, der Gerechtigkeit wegen. Er blieb aber bei seiner Benotung... Das überzeugte mich nicht, erwies sich aber als extrem günstig für mich. Beim Abi selber fühlte ich mich souverän...

Die Vorbereitung lief ganz oft nachts, wenn wir im Schülerheim das Studierzimmer für uns hatten. Oft bildete ich mit J eine Zweiergruppe. Wir kochten uns in der Teeküche Kaffee. Meine Mutter hatte mir eine silberne Thermoskanne mitgegeben, die ich bis heute verwende. Manchmal waren diese Vorbereitungen, die sich an alten Abi-Aufgaben orientierten, ziemlich sportlich: Wir wollten einfach knifflige Aufgaben lösen! Da ging es nicht um Notendruck oder Abitur, sondern um den Thrill des Mathematikers.

Schließlich kam der große Tag. In der Turnhalle waren die Tische großzügig gestellt, als fürchtete man sich vor Corona. Ich fühlte mich souverän, aber ziemlich herausgefordert. Schließlich legte ich geschafft den Stift beiseite und gab ab. Ich war mir ziemlich sicher, eine gute Leistung geschafft zu haben. Aber...

Als ich das Gebäude der Schule verließ, wollte ich auf dem Parkplatz vor der Schule eine Lösung erklären. Ich beugte mich über einen Autokühler und beschrieb die geometrische Zeichnung. Aber da merkte ich: O, ich Idiot! Ich hatte falsch gespiegelt. Statt nach innen, nach außen! Das Hochgefühl verflog. – Umso überraschter war ich, als ich ein Super-Mathe-Abi herausbekam. Es war wie in der 10: Da sonst meine Berechnungen stimmten, reichte es zu einer Eins... Wow, und das mit einer Fast-Drei als Vorzensur und der Durchfall-Androhung in der 9. Klasse....

17.2 Deutsch: Eichendorff gegen Heym

Von Mutti bekam ich für die Abitage Traubenzucker. Angeblich ginge der ins Blut und als Kraftnahrung direkt ins Hirn. Das stimmt zwar ein Stück weit, aber die Wirkung ist zeitlich zu vernachlässigen.

12.5.75 Der letzte deutsche Kaiser schrieb sein Deutsch-Abitur noch auf Latein. Das muss man sich mal reinziehen. Wir durften es auf Deutsch schreiben und ich verzichtete sogar auf Süterlin-Schrift. Aus den Themen wählte ich den Gedichtvergleich: „Eichendorff Auf hoher See" gegen „Heym Die Seefahrer". Beides lag mir, denn ich mochte sowohl die Romantiker wie auch die Expressionisten. Freilich checkte ich damals noch nicht den Sinn von Gedichtvergleichen, sondern verließ mich auf mein Gefühl und mein Sprachfähigkeiten. Dass beide Gedichte mit „Freiheit" zu tun hatten, erkannte ich natürlich. „Freiheit" war auch ein großes Thema, wenn wir intellektuell in der Klasse diskutierten.

Zu Freiheit fällt und fiel mir sofort Janis Joplin ein: „Freedom is just another word for nothing left to lose", wie sie in „Me and Bobby McGhee" sang. Darauf ließ ich meinen Gedichtvergleich hinauslaufen, hatte also letztlich sogar drei Gedichte zueinander positioniert. Genial ist etwas anderes und so kann ich meinem Deutschlehrer dankbar sein, dass er doch noch eine Drei herausschund. Ein Jahr später, als ich Zivildienst machte, ließ ich mir die Arbeit noch mal geben und schaute sie an. Ich schrieb sie sogar ab. Aber letztlich war mir die überhebliche postpubertäre Schreibe unangenehm.

17.3 Wer ist Gnothi Sauton? Griechisch-Abi

Wer ist Gnothi Sauton? Ausgerechnet beim Griechisch-Abitur muss ich rätseln. Dabei begann es hoffnungsvoll: Als unser Griechischlehrer, Herr Geyer, den Prüfungsraum betrat, strahlte er und meinte, wir müssten alle eine Eins schreiben. Damit war ihm ernst. Ich aber hatte zu kämpfen. Insgesamt waren wir fünf Schüler und am Ende kamen alle Noten zwischen 1 und 5 heraus, ich hatte eine Drei, wie schon in der Vorzensur. Drei von uns studierten dann Theologie – Johanna Rückert, später Haberer, später als Pfarrerin Professorin für Publizistik und Peter Schulz aus Schweinfurt, Schlachthofdirektorssohn, der mit seiner 5 dann an der Uni das Graecum nachmachen musste…).

Also, ich kämpfte so vor mich hin und wunderte mich über die Hauptperson des Stückes namens Gnothi Sauton, die mir absolut unbekannt war; aber da die Worte groß geschrieben wurden, musste es ein Name sein. Ich übersetzte den Kontext wörtlich, aber es war alles sinnlos, bis ich nach ewig langer Zeit auf die Idee kam, mir den Namen genauer anzuschauen, er ließ sich übersetzen als „Erkenne Dich selbst", war ein Zitat von Platon und in dieser Form gab dann alles Sinn….

17.4 Englisch-Abi M.L.King

Meine Lehrer konnten denken, ich power durch. In der Tat war es damals offiziell noch nicht möglich, drei Abiture hintereinander zu schreiben. Ich hatte meinem Direktor erklärt: Dass man Englisch und Griechisch nicht kombinieren dürfe, sei total ungerecht. Außerdem kam nach unserem Abi das „Nichts", denn vom normalen Abitur wurde auf „Kollegstufe" umgestellt. Wir mussten das Abi unbedingt schaffen, denn in der Kollegstufe, die ja bereits parallel in der 12. Klasse gestartet wurde, konnten wir nicht wiederholen. Mein Klassenkamerad Frank legte es darauf an, durchzufallen, damit er sich durch ein Wiederholungsjahr für den Numerus clausus verbessern könne, aber... er musste dann nach Haßfurt, wo sie noch das klassische Abitur schrieben.

Unser Direktor Birkner hatte tatsächlich durchgesetzt, dass ich Englisch und Griechisch kombinieren konnte – die Auseinandersetzung fand natürlich am Ende der 11. Klasse statt, wo man sich für die Abitursprachen entscheiden musste. Ich hatte fest damit gerechnet, dass es bei der Latein – Griechisch – Kombination bleiben würde und in Latein nur das Nötigste getan. Das war nun ziemlich blöd gelaufen, denn so wählte ich Latein mit einer öden Vier ab. Mit entsprechendem Aufwand hätte ich mindestens eine Drei geschafft. Aber nun ja, wenigsten hatte ich meinen Willen durchgesetzt, beim Kultusministerium.

Ich hatte hervorragende Themen: M. L. King, Dr. Chr. Barnard. Timesart. Migrant workers. Über King habe ich inzwischen sogar ein Buch geschrieben. Auf alle Fälle war ich mit meinem Abi in drei Tagen fertig, der erste in der Klasse und vermutlich sogar der erste in Bayern. Freilich ist der, der als Erster fertig ist, meistens nicht der Spitzenreiter.

17.5 Pfahl am Meer: Kunstabi

Ein Pfahl schwebt am Meer? Sollte das mein Reifezeugnis sein?

In der Zeit nach dem schriftlichen Abitur arbeitete ich bereits im Zivildienst, um rechtzeitig zum übernächsten Wintersemester fertig zu sein. Das klappte auch. Aber so kam es, dass ich noch während des Zivildienstes mein letztes Abi „schrieb": Kunst.

Herr Schwerin hatte mich mit „2" vorzensiert, worüber ich sauer war, weil ich Kunst studieren wollte. Das Abithema aber stellte er toll: Zeichnung: Pfahl am Meer mit Tau drum rum. Das Thema gab er uns schon in der zehnten Klasse und mit Tusche war ich gut vertraut. Locker und präzise zeichnete ich also und ging dann hinüber ins Heim.

Doch auf dem Weg stand das Bild noch einmal vor mir. Mir wurde siedend heiß: Du hast das Meer mit den Wellen gezeichnet, den Strand und das ausgefranste Tau, aber: den Pfahl hast du nur oben und unten am Tau gezeichnet. Die Mitte fehlt! Das Abi-Bild ein Desaster? Das durfte doch nicht sein!

Aufgewühlt ging ich zurück und Herr Schwerin ließ mich tatsächlich weitermalen – es war ja keine kognitive Leistung.

So gelang mir doch noch ein Einser und auch die Abi-Note war eine Eins. Stuttgart mit der Kunstakademie konnte kommen – ließ mich aber nicht, obwohl Vati mit mir eine fast professionelle Mappe erstellte, mit Bildern auf schwarzer Pappe. Die Präsentation war besser als meine Leistungen!

Am Samstag, 21.Juni 75 erhielten wir unsere Hochschulreifezeugnisse, am 23.7. war die Schlussfeier in der Aula: Der Chef tönte: „Achtet die Älteren, lasst euch von den Jungen nicht verkohlen." Ich hielt dann ebenfalls eine Rede.

Für diese Feier fuhr ich extra von Pappenheim aus von einem Lehrgang nach Uffenheim. Auf der Rückfahrt saß ich jedoch im falschen Zug - mit ehemaligen Klassenkameraden plaudernd. Er fuhr an Pappenheim vorbei. Zum Glück hielt er in Treuchtlingen. Es war Nacht und ich lief über den Berg zurück, eineinhalb Stunden durch die Dunkelheit...)

18 Marokko 75

"Ich habe eine Super-Idee..." verkündete Wolfgang.

„Ich bin dabei!" versprach ich.

In unserem lebhaften Freundeskreis kursierte die Idee und schließlich meinte Norbert, er würde gerne dabei sein. Gabi wollte auch und nahm gleich ihre Freundin Isa mit. Das Ziel war Marokko. Das war wirklich exotisch. Das roch nach Freiheit, Abenteuer und Drogen.

Wir starteten am dritten August 1975. Die Interrail-Pässe hatte wir am Tag vorher besorgt.

„Dass ihr nur gut auf euch aufpasst!" klang es aus den Mündern von Gabis Mutter, Isas Vater und Mutter und Wolfgangs Mutter. Natürlich nickten wir brav. Um halb eins endlich erreichten wir die Grenze und waren in Straßburg. Das krönten wir mit einem Besuch eines Orgelkonzertes im Münster um 17 Uhr.

„Kein Zeit für Sperenzchen!"

„Wann geht der Zug?"

„18.20 Uhr."

„O, das wird knapp!"

Der Zug ging um 18.20 Uhr ab und wir saßen drin, voller Übermut. Die Fahrt war lang und kurzweilig. Lyon, Nimes, Port Bou Richtung Barcelona: Wir wollten zügig ans Ziel.

„Ich bin Gerwin. Wie heißt ihr?" fragte nachts ein Junge. Er kam aus Freiburg und wurde zum Mitreisenden. Wir merkten bald: Wo Gabi ist, meldet sich bald ein Junge.

Noch nachts ließ sich ein Südfranzose meine Gitarre geben und „amored" vor sich hin mit Zungenschnalzen. Das klang schon sehr mediterran.

Kurz vor Mittag nähert sich der Zug Barcelona.

„Meine Güte! Schläft der jetzt ein? Wenn wir nebenher laufen, sind wir schneller..."

Manche Mitreisenden glaubten dies und stiegen aus, in einer Vorstadt. Wir wollten aber weiter, ans Meer, zu einer mir unbekannten Stadt namens Tarragona. Kurz vor sechs fuhr der Zug.

18.1 Campingchaos bei Torredembarra

„Wir nehmen das Taxi!" beschloss Wolfgang am Bahnhof von Tarragona. Die Mädchen schlossen sich ihm an und bestiegen ein Taxi zum Campingplatz von Torredembarra. Gerwin, Norbert und ich waren sparsamer und wählten den öffentlichen Bus. Zwei Typen aus Wuppertal gaben uns den richtigen Tipp. Doch am Campingplatz fanden wir die drei nicht. Wir irrten umher und bauten dann kurz vor Mitternacht das Zelt auf.

„Und wie finden wir die anderen?"

Gerade gestartet, schon gestrandet. Es waren die Zeiten vor dem Handy. Es gab keine Möglichkeiten, Kontakt aufzunehmen. Da half nur Suchen oder Aufgeben. Wir beschlossen zu suchen.

Morgens fuhren wir daher noch mal nach Tarragona und hatten Glück: Wolfgang war gestern zurückgekommen um uns zu holen. Die Nacht hatte er auf dem dreckigen Vorplatz verbracht und war stinksauer.

„Was machen wir jetzt?"

„Jetzt fahren wir erst mal zu unserem Platz und packen zusammen. Dann geht's zu den Mädchen."

Guter Plan. Der Bus fährt tatsächlich zu unserem Campingplatz, aber als wir dort ein Taxi rufen wollen, geht das nicht (difficile). So nimmt Wolfgang den Bus zurück nach Tarragona, kapert dort ein Taxi und holt uns ab. Tatsächlich treffen wir um drei Uhr auf dem Zeltplatz Clara ein.

Die Wiedersehensfreude war verhalten, weil die Mädchen sich inzwischen vergnügt hatten und etliche Jungs unsere Parzelle mitbelegten. Sonnenschein, blauer Himmel, blaues Meer, miese Stimmung.

Wir hatten uns auf zwei Einmann-Zelte verteilt. Wir Jungen natürlich zu dritt. Regnen sollte es da nicht. Sah aber auch nicht danach aus.

„Wir gehen Paella essen!" Wolfgang brachte diesen friedenstiftenden Vorschlag und ich erlebte zum zweiten Mal mit ihm eine lukullische Initialzündung. Das erste Mal war auf dem türkischen Campingplatz in Bodrum, wo uns der aus Schweinfurt zurückgekehrte Koch einen frischen Tintenfisch zubereitete. Hier gab es nun Paella. Das Wort hatte ich noch nie gehört. Wir wanderten abends zum Dorf. Dort gab es eine große, eine riesige Pfanne mit viel Reis, gelb gefärbt, darin alle möglichen Meerestiere samt Fischen.

„Wow! Lecker!" Ich hätte mich dumm und dämlich essen können.

„Und das hier?" Neben unsren Tellern stand Schälchen.

„Zum Fingerabwischen?"

„Ein besonderes Getränk?"

Keiner konnte Spanisch. Gestikulieren half auch nicht. Also beschlossen wir: Es ist ein ganz leckeres Getränk. Irgendjemand behauptete: „Champagner!"

Im Hintergrund hatten sich zwei Spanier mit zwei Gitarren aufgebaut und flamencoten vor sich hin. Die Stimmung war wieder geheilt. So klappte es auch, dass wir nachts mit Gabi und Freunden ans Meer wanderten. Ich mit Antoinette, meiner Gitarre, Wolfgang mit Rotwein, und Gabi mit mindestens einem Jungen zum Knutschen.

Dann ging's zum Pennen in die Zelte.

„Hei, raus hier!" Das war Isas Stimme mitten in der Nacht. Die drei Schweinfurter Ritter aus dem Nachbarzelt quälten sich aus ihrer Enge in die Freiheit und eilten zur Hilfe. Was war geschehen?

Gabis Knutschen hatte Folgen gehabt. Ihr Galan hatte es als Einladung gesehen und wollte früh um fünf zu ihr ins Zelt. Keine Ahnung, was sie wollte, aber Isa war absolut dagegen. Dummerweise hatte er nämlich im Dunkeln sie und nicht Gabi erwischt.

Jetzt war es aber Zeit für den Abflug. Wir wollten ja nach Marokko.

Zunächst ging es nach Algeciras, wo ich die originale Sangria kennenlernte. Schon wieder eine Offenbarung!

Als wir noch vor der Grenze am Busbahnhof warteten und ein bisschen frühstückten, sprach uns ein junger Engländer an.

„Would you please cut my hair?"

"Pardon?"

"Could you please cut my hair. they would not let me cross the border with long hairs."
Die Mädchen waren hilfreich zur Stelle.

Isa beim Zeltaufbau

18.2 Mädchen und Teppiche

Die alten Königsstädte Fez und Meknes zeichneten sich durch ihre sehr arabischen Innenstädte aus. Gabi und Ines wollten sich selbständig machen und durch Meknes bummeln. Ich war dagegen. War waren in einem islamischen Land. Wer weiß, was da auf alleinreisende europäische Frauen wartete? Ich dachte mir so manches. Aber sie lachten nur.

Also zogen sie los – und ich auf Abstand hinterher. Da sollte nichts passieren. Tat es auch nicht. Durch viele enge Gassen mit noch engeren Geschäften ging es, über einen Basar mit orientalischem Angebot. Da beobachtete ich, wie sie von einem Araber angesprochen wurden. Ein jüngerer Erwachsener war es, der einen sehr einladenden Eindruck machte. Er deutete auf ein Geschäft und sie gingen hinein.

Ich folgte schnell, unauffällig als neugieriger Tourist. Es war ein Teppichgeschäft. Bald stiegen sie zum ersten Stock hinauf. Ich hinterher und dann ging ich wirklich zu ihnen hin. Der Verkäufer und seine Kollegen wurden sofort gesprächig und boten Waren feil. Auf einmal verschwand Isa hinter Teppichrollen. Mit ein paar Schritten war ich dort und holte sie zurück. Es war wirklich etwas unheimlich. Wir verabschiedeten uns bald, nicht ohne ein paar Angebote bekommen, die mir einen Teppich und ihnen ein junges Mädchen gebrachten hätten. Ob das Ernst oder Spaß war, probierte ich lieber nicht aus.

Auf der Rückfahrt besuchten wir die Alhambra in Grenada, Spanien. Darauf bezieht sich dieser Druck.
Bei diesen Geschichten bleibt es für diese Sammlung.

19 Zivildienst

Als Zivildienstleistender in Uffenheim mit dem Kollegen Joachim

19.1 Skandal in Uffenheim 1976

Silvester 75 fuhr ich aus Schweinfurt mit meinem ehemaligen Schulkameraden Utz und einer Freundin, Heidi nach Uffenheim. Dort wollten einige aus der Klasse den Jahreswechsel nach dem Abitur gemeinsam feiern. Ich selbst arbeitete bereits seit Juni als Zivildienstleistender am Schülerheim. Dort hatte ich auch eine Unterkunft: ein Zimmer im Hausmeisterhaus. Heidis Sachen brachten wir dann auch hin und begaben uns in die Stadt zum Feiern. Das war Klasse. Wir hatten ein ganzes Stockwerk für uns alleine, die Stimmung stieg und um Mitternacht gingen wir auf die Straße, mit fröhlichen Gesängen – geballert wurde damals noch nicht. Irgendjemand kam auf die blöde Idee, Ralph könne mit dem Auto seines Vaters fahren. Aber da er schon Alkohol getrunken hatte, ließen wir den Motor nicht an, sondern schoben

jubelnd das Auto mit eigenen Kräften vorwärts. Dann rollte es auf eine Mauer zu. Ralph wollte bremsen, aber irgendwie ging das ohne Motor nicht richtig. Dann wollte er lenken. Aber das Lenkradschloss war eingeschnappt. Also prallte das Auto auf die Mauer. Peng!

Wir waren wie vom Blitz gerührt! Das Auto war vorne ziemlich demoliert. Kleinlaut schoben wir es zurück, nachdem die Lenkradsperre aufgehoben war. Irgendwie konnten wir doch weiterfeiern. Der Krach mit dem Vater stand noch aus. So wurde es fünf Uhr, bis ich Heidi chavalesk zur Unterkunft brachte. Natürlich ging ich nicht mit hinein und wartete nur, bis das Licht in meinem Fenster im Erdgeschoss anging. Dann ging ich zurück zur Feier, die auch nicht mehr allzu lange dauerte. Auf einer Couch fand ich meinen Schlaf. Auch Utz schlief dort und seine Freundin Mausi zwei Stockwerke darüber.

Mittags holte ich Heide wieder ab und wir begaben uns auf den Heimweg.

An all das dachte ich nicht mehr, bis ich aus den Ferien zurückkam. Dann gab es ein Riesenzinnober! Der Hausmeister hatte dem Heimleiter gesteckt, dass ein Mädchen bei mir im Zimmer genächtigt hatte. Der Heimleiter hatte es weitergeleitet und der Herr über Tugend und Heim, der allerchristliche Dekan Tratz regte sich maßlos darüber auf. Ich wurde gefeuert.

Dazu wollte ich ihn zur Rede stellen. Immerhin war ich jahrelang bei ihm Kindergottesdiensthelfer gewesen, wöchentlich zu ihm gegangen, bis in die Abiturzeit, wo andere darüber klagten, keine Zeit mehr zu haben. Als ich bei Dekan Tratz war, wollte er meine Sicht der Dinge überhaupt nicht hören. Er wurde von Satz zu Satz ausfälliger und er klärte: „Du bist mies! Du bist fies! Ich werde nicht dulden, dass du in meinem Heim einen Puff einrichtest!"

„Aber…"

„Ihr ZDLseid sowieso stinkfaul und schiebt eine ruhige Kugel. Du müsstest dankbar für das sein, was das Heim dir gegeben hat!"

„Ein Puff! Das ist der Dank dafür!" Ich konnte gar nichts erwidern. Er stellte die Sache völlig verkehrt dar.

„Ich dachte, aus dir würde einmal ein Mann werden! Aber du bist quabblig!"

„Herr Tratz, wenn Sie so mit mir reden, möchte ich, dass Sie mich Siezen!"

T: „Das kann ich nicht! So schnell geht das nicht!"

V: „Dann reden Sie so nicht mit mir. Es war doch ganz anders!"

Tratz: „Wer bist du denn eigentlich?"

Ich: „Ich bin Christ und ZDL und das lasse ich mir nicht nehmen."

Tratz: „Graf Rotz!"[30]

Damit war die Sache gelaufen. Sein Ansehen bei mir war unter Null gestürzt. Der CSU-Chef unserer Schule versuchte diplomatisch, zu vermitteln und irgendwie gelang es ihm auch. Letztlich konnte ich bleiben. Aber ich merkte mir: Die Phantasie des Dekans war das Schändliche. Was er mir unterstellte, existierte nur in seiner Phantasie. Er hatte offenbar eine sehr schmutzige Phantasie. Das habe ich mir für den Umgang mit Moralisten auch in meiner Kirche gemerkt.

19.2 „Der Tod grinst über seine Schulter"
Ulrike Meinhof

Zwei Themen beherrschten eine Woche lang die Gespräche: Der Druckerstreik und der Selbstmord von Ulrike Meinhof. Bisher wurden die beiden Ereignisse immer nur getrennt behandelt. Heute aber erlaube ich mir die Bemerkung, daß für mich diese seltsame Konstellation des Zeitgeschehens fast schon nicht mehr nach Zufall aussieht, sondern vielmehr nach letzter makabrer Ironie: Ulrik warf nämlich ihr Handtuch ausgerechnet, als eben jene Institution schweigen mußte, die sonst am lautesten geschrien hätte, und die nun zusahen mußte, wie ihr tagtäglich dicke Schlagzeilen, die dicke Lappen gebracht hätten, durch die Lappen gingen. Das gefundene Fressen für die BILD-Millionen war der Käse, den die Maus in ihrer Falle zwar sieht, aber nicht fressen kann. Ist es nicht möglich, daß Frau Meinhof sich gerade jetzt umbrachte,

---

[30] Der Kriegsteilnehmer erzählte, als ich bei ihm Kindergottesdiensthelfer war, aus seiner Kriegszeit, haarsträubende Geschichten, auch dass er schon einmal tot war und alles von oben betrachtete.

weil die Bild-Zeitung bestreikt wurde, weil niemand ihre Tat verreißen würde, weil sie nur jetzt die Schlagzeilen rauben konnte, weil die Pressefreiheit, die Fressefreiheit, die bei uns Deutschen höher steht als die Privatsphäre, sich selbst den Maulkorb umgebunden hatte, will nur jetzt ihr Grabstein nicht ein Papierfetzen sein würde? Wenn ihr auch sonst viel daneben ging: Dieser Scherz gelang. Und die Drucker halfen ihr dabei. Und die Verleger auch.

Ihr Tod wirkte lauter, weil niemand brülle. Diese letzte Rede war ihre beste.

20 Schossi allein auf Achse: Interrail solo 1976

Seit dem Marokkotrip mit Wolfgang 1975 kannte ich die Faszination von Interrail: Vier Wochen zum halben Preis in Deutschland und im Ausland gratis nach der Grundgebühr von 329 DM.

1976, während des Zivildienstes, fand ich keinen Reisepartner und beschloss, alleine auf Fahrt zu gehen. Bestimmt würde ich auf nette Leute meiner Generation stoßen. So war es dann auch. Nur meine Mutter war beunruhigt und ging jeden Abend in Bad Alexandersbad bei der Lehrerfreizeit in die Kapelle zum Beten. Nach meiner ersten Karte aus Venedig war sie freilich entspannter. Der Trip dauerte von 2.8.76-1.9.76.

20.1 Verloren in Venedig 4.8.76

"Und wo sollen wir jetzt schlafen?"

Laura, Morris und ich waren aus Figiono in den italienischen Alpen gekommen, dort von der Jugendherberge 8km bis zum Bahnhof Lugano gewandert, mehr oder minder als große Gruppe ohne Frühstück, also nüchtern und dann bis zum Bahnhof von Venedig gefahren. Aber in der Jugendherberge gab es keinen Platz mehr. Wohin? Mit einem Dänen, Norweger, einem Israeli-Türken aus Izmir namens Morris und einem US-Boy ging ich auf Quartiersuche. Letztlich landeten wir in Venedigs Vorort-Bahnhof Mestre, wo wir die Schlafsäcke auf den Boden legten und pennten, ziemlich schlecht.

Morgens fuhren wir wieder nach Venedig hinein und stellten am Bahnhofsplatz fest, dass dort viele andere Leidensgenossen ebenfalls gepennt hatten, direkt am Canal.

Mit Morris und Laura aus den USA schaute ich die Stadt an. Dann gaben Morris und ich unser Gepäck zusammen ab. Wir passierten den Markusdom und den Markusplatz, wo vor einem großen Café Musiker „Wien, Wien, nur du allein..." intonierten. Das fand ich abstrus. Doch auf dem weiteren Weg verlor ich Morris und Laura aus den Augen.

„Und jetzt?" Immerhin hatten wir unser Gepäck aus Sparsamkeitsgründen gemeinsam aufgegeben. Ich suchte ewig, auch in der Mädchen-Jugendherberge, fand aber niemand. Mit meinem Handgepäck fuhr ich über den Canal zur Jungen-JH, wo ich hoffte, Morris beim Abendessen oder Frühstück zu treffen. Draußen regnete es.

Morgens immer noch keine Spur von Morris geschweige denn von Laura. Was war wohl passiert? Ich hatte keine Ahnung, konnte nichts machen und holte mein Gepäck aus der Aufbewahrung, denn ich hatte ja den Schein und ließ das von Morris dort, mit einem Zettel an der Wand.

„Was machen denn die da? Schmuggler?!" Der Zug nach Zagreb in den damaligen Ostblock (Jugoslawien) fuhr zu spät ab. Meine Mitreisenden benahmen sich eigentümlich. Sie versteckten eine Menge Dinge überall im Abteil und banden sich sogar Jeans um ihre Beine. Offenbar wollten sie die Dinge vor dem Zoll verstecken. Das gelang auch, obwohl ich Blut und Wasser schwitzte. Aber sie lachten dann nur und waren stolz auf ihren Erfolg. Die einheimischen Mitreisenden luden uns dann zum Mitessen ein, als es Brot und Speck gab. Der brutal fette Speck unserer Mitreisenden schmeckte echt lecker!

20.2 Journey with Kilian and Co 1976

20.2.1 Schwimmen in Belgrad

Im Zug lernten wir zwei Norweger kennen, Hjalmar und Anngun Feet, mit denen wir weiter zogen.[31] Meine Antoinette, meine Gitarre hatte ich stets bereit und stellte mich auch in den Gang, um Lieder zu singen. Kilian war voll dabei. Wir präsentierten Folksongs oder Antikriegslieder. Ein junger Soldat gesellte sich

---

[31] Siehe August 1977, als ich mit Stefan in Norwegen war.

dazu und sang mit. Das berührte mich. Bei „Drugstore Truck driving man" von Woodstock zitierte ich die Einleitungsrede, die Ronald Reagan ironisch gewidmet war.

Am Abend des 6.8. erreichten wir Belgrad mit einem sehr einfachen Bahnhof. Wir suchten den Campingplatz und wollten abends schwimmen gehen. Dabei landeten wir im Obergeschoss eines Restaurants in Privaträumen unter lauter einheimischen Jugendlichen. Dana hieß die kommunikationsfreudige Jugoslawin und Rejko war ein Polizist, den wir Kojak[32] nannten, worüber wir dauernd lachten.

Wir unterhielten uns ohne gemeinsame Sprache. Wir wollten ins Schwimmbad. Geschlossen? Kein Problem: Kojak und seine Freunde erklommen mit uns den Zaun und wir stiegen einfach ein. Das wirkte auf mich gar nicht wie in einem kommunistischen Überwachungsstaat.

Nachmittags besuchten wir das ausgezeichnete Schwimmbad, trafen Dana mit ihren zwei Buben wieder[33], spielten dann Fußball mit ein paar Leuten, schließlich ging's zur Disco. Anngun und Alison fanden natürlich Abnehmer. Später zogen wir mit meiner Gitarre und Slibovitz in den Wald. Das männliche Gehabe fand Ausdruck in körperbetonten Aktivitäten wie Pferdesprung. Die Feier dauerte bis drei Uhr morgens.

Dann wurde es Zeit, die Zelte abzubrechen und wir bestiegen abends den Zug nach Thessaloniki. Die nächtliche Fahrt nutzten wir zum Schlafen, wozu ich mich auf den Boden legte. Es ruckelte, aber ich war müde und diese Art der Übernachtung war mir inzwischen vertraut. Einem Mädchen wurde nachts das Geld geklaut, worauf Polizei kam, was ich aber beides nicht merkte.

Am Bahnhof von Skopje schauten wir aus dem Fenster auf die Bahnsteige. Der Zug fuhr ab, als eine junge Frau noch draußen war. Sie rannte neben her, verzweifelt, letztlich ihre Handtasche wegschleudernd sprang sie auf den schon sehr schnellen Zug.

---

[32] Ein Fernseh-Cop „Straßen von New York", ein Kultheld. *Kojak* – Einsatz in Manhattan, US- Fernsehserie (1973–1978) mit Telly Savalas als Theo *Kojak*.
[33] Unsereins dachte damals noch nicht an Familiengründung

Leicht hätt sie wie die Handtasche auch ihr Leben wegschleudern können. Leicht hätte sie auch den nächsten Zug nehmen können.

Dann ging es Richtung Saloniki. Die Jugendherberge war in einem romantischen Gebäude, aber etwas einfach gehalten. Von dort aus konnten wir zum Strand. Das war gut so. Abends spielten wir Mini-Golf, oder, wie Kilian sagte: Crazy-Golf. Die Bahnen waren anders als in Schweinfurt, wo ich mit meinem Freunden öfters zum Minigolf bei den Wehranlagen ging.

Auch hier ging es wieder zum Tanzen, aber Kilian, Hjalmar und ich tranken noch ein Bier. Unser Thema waren „Kinder" und wie sie Kraftausdrücke verwenden. Kilian lachte und brachte eine Geschichte aus seiner eigenen Kindheit: You know, children (tots) learn fuming words from the elder and use it not knowing what they say. When I was young, some American came and visited us and said (I was about four) "Oh, what a nice child." And I said: 'fuck you!'"

Am nächsten Tag fuhren wir ein Stück weit aus der Stadt. Vorübergehend hatten sich uns zwei Norwegerinnen angeschlossen. Bei einer irritierte mich das quietschende und zugleich heißere Lachen. Ich hatte meine Gitarre dabei, so dass wir am Strand singen konnten und die beiden norwegischen Mädchen beschlossen, mit dem Boot aufs Meer zu fahren und dort in der Sonne zu baden. Das taten sie auch. Dabei kleideten sie sich wohl völlig aus und kehrten wie Brathähnchen zurück. Vor allem die sonst geschützten Brüste hatte es voll erwischt. Es muss höllisch weggetan haben, aber sie ahnten nicht, dass das Wasser Strahlen reflektiert und so die Sonne noch nachhaltiger brennt als sonst.

20.2.2 Herz des Humanisten: Athen

In Athen suchten wir den Campingplatz auf. Dazu fuhren wir mit dem Bus nach Eleusis / Elefsis. Das lag an einem Hafen und dort zelteten wir dann auch. Das Wasser in Hafennähe war mir unangenehm. Trotzdem badeten wir.

Um aufs Meer hinausrudern, fuhren wir nach Megala Peuka. Unser himmelblaues Boot glitt über das funkelnde grüne Meer unter dem hellblauen Himmel, während dunkelgrüne Bäume das Ufer säumten, mit gelbem Strand und dahinter einer Kirche mit ziegelrotem Dach. Das war eine Farbenpracht!

Natürlich unterhielten wir uns auf Englisch und irgendwann erklärte mir Kilian genervt, mein permanentes „of course" klänge in seinen Ohren wie „ist doch klar, du Idiot!". Betroffen stellte ich es abrupt ab und merkte es mir bis heute.

Es wurde Zeit zur Weiterfahrt, aber auch zum Abschied, da die anderen sich wieder auf den Heimweg machen mussten, ich aber noch den Peleponnes vor mir hatten. Mit dem Autobus gondelten wir nach Elefsis, bauten die Zelte ab und verabschiedeten uns am Athener Bahnhof. Ich wollte winken und sah plötzlich: Kilian stieg aus dem Zug. Alison folgte ihm. Gab es Krach? Doch Hjalmar und Anngunn folgten. Ich lief hinüber: „What's the matter?" „The train is completed!" Typisch Südeuropa: ein überfüllter Zug. Doch um 21 Uhr erfolgte der effektive endgültige Abschied und das Quartett düste nach Belgrad, während ich die nähere Zukunft ins Auge fasste.

Ich ging zur Auskunft des Athener Bahnhofs: „Where leaves the train to Mykonos?"

Der Schalterbeamte schaute mich an, als wäre ich nicht ganz dicht – natürlich auf Griechisch. Doch er war hilfsbereit: „Go to Piräus!" „But I don't want to go to he harbour, I want to go by train to Mykonos." „There is not rain to Mykonos…"

Ich stutzte. Was war los? Dann war der Boden übersät mit Schuppen, die mir von den Augen fielen: Nein, es war nicht Mykonos, es war Mykene. Das wusste ich doch eigentlich, denn im Theater hatte ich Agamemnon, den König von Mykene gespielt.

Der Beamte schaute mich freundlich an, erklärte dann aber doch, dass an diesem Bahnhof kein Zug nach Mykene fahren würde. Ich musste den Bahnhof wechseln. Das ging zu Fuß ganz schnell. Der Grund? Die Eisenbahn auf dem Peleponnes hatte eine andere Spurbreite und von daher auch einen eigenen Bahnhof. Außerdem verlief die Bahnlinie letztlich im Kreis, zu dem es nur einen einzigen Zugang gab, nämlich Athen.

Die Fahrt wollte ich locker und unbeschwert bestreiten. Also deponierte ich bei der Gepäckaufbewahrung in Athen meinen Rucksack und meine Gitarre. Lediglich eine Plastiktüte und mein Schlafsack waren noch zu transportieren.

20.3 Reise und Lebensreise: Mein neues Ziel

Biografisch total wichtig wurde die Phase nach der Reise. Ich erzählte Mutti von vielen Erlebnissen, aber gerade auch von philosophischen Gesprächen mit Leuten bei Delphi etc. Sie fragte mich, warum ich bei meinem Interesse nicht Theologie studieren würde. Gute Frage. Sollte ich umsonst Zivildienst gemacht haben? ZDL musste man als Theologe nicht werden? Sollte das wiederum mich abhalten, etwas Sinnvolles zu machen? Die Nachricht der ZVS traf ein: ich hatte einen Studienplatz in Würzburg fürs Lehramt „Deutsch, Englisch und Geschichte". Dann ging ich doch nach Erlangen, weil ich im Unterschied zu N'sau dort noch im Herbst Hebräisch lernen konnte.

21 Studienzeit Erlangen und Tübingen

21.1 Skandinavien 1977: Shit

Ich **wohnte** in Erlangen in der Feldstraße im Hinterhof. Mir gegenüber, sozusager im Nachbarstall wohnte Stefan (Medizininformatik, Pfarrersohn). Wir hatten beide Kontakt zur frommen Ecke (smd).

Wir beschlossen einen gemeinsamen Urlaub. Das Fromme dran: wir übersetzten das Markusevangelium aus dem Griechischen...

1977 studierte ich in Erlangen, wohnte in einem umgebauten Hühnerstall und lernte einen Medizin-Informatik-Studenten namens Stefan kennen. Wir beschlossen, mit seinem Mini-Auto ohne synchronisiertem Getriebe nach Skandinavien zu fahren. Die Gangschaltung war schwierig: Immer, wenn man schalten wollte, musste man in den Leerlauf gehen, Gas geben und neu einkuppeln. Das war vor allem am Berg problematisch, weil man da natürlich schnell an Fahrt verlor. Schweden war teuer. Wir hatten viele Konserven dabei, einen kleinen Gaskocher und natürlich ein Zelt, mit dem wir auch „wild" campten. Manchmal, wenn ein Bauernhof in der Nähe war, fragten wir: „Dürfen wir campen." und in der Regel ging es. Das war damals in Skandinavien noch erlaubt.

Wir kamen auch in die Nähe von Vaasa. Wir campten in freier Landschaft, neben einem kleinen Wäldchen und ein Bächlein gluckerte ebenfalls dort. Wir übernachteten gut und morgens nach dem Frühstück musste ich aufs Klo, aber es gab natürlich keines. So suchte ich ein geeignetes Plätzchen, ein Stück weit weg vom Zelt, außer Sichtweite. Ich machte auch völlig entspannt einen vollen Stinker. Damit nichts passiert und er nicht einfach in der Gegen rumliegt, was ich eklig fand, riss ich Grasbüschel aus dem Boden und „pflanzte" sie quasi ein. Ich fand dies eine hervorragende Tarnung. Als ich zurückkam, ging Stefan los. Der musste auch mal. Lange kam er nicht wieder. Doch als er dann kam, war er richtig wütend. „Was fällt dir ein? Was hast du gemacht?!" Ich fühlte mich unschuldig und hatte keine Ahnung, wovon er sprach. Doch dann kam es heraus: Er war blöderweise an die selbse Stelle gegangen wie ich, hatte das Gras gesehen, aber nicht geahnt, was da drunter war und tappte mit einem Fuß voll rein. Boa! Das war mir so peinlich! Er war den ganzen Tag voll sauer. Den Schuh konnte er zum Glück am Bächlein reinigen.

21.2 Der „Deutsche Herbst" 1977

Heute nennen sie es „deutscher Herbst". Eine ziemlich blöde Plakette für eine sehr kritische Zeit. Die RAF-Terroristen saßen im Gefängnis, das galt freilich nicht für alle Nazi-terroristen dreißig Jahre nach ihren Verbrechen. Die ersten Nazis waren längst freigelassen, die Toten noch immer tot.

Es stellte sich heraus, dass die „Terroristen" über ein Netzwerk verfügten und es begann eine regelrechte Hetzjagd, an der auch der oft sehr besonnene Kanzler Helmut Schmidt beteiligt war. Überall wurde nach konspirativen Wohnungen gesucht und verdächtige Autos überprüft. Unsereins, mit langen Haaren und im Falle von etwas Geld über eine „Ente" (Citroen 2CV) verfügend, galt generell als verdächtig. Dass die Terroristen so intelligent sein könnten, sich als Biedermänner zu tarnen, glaubte niemand, obwohl schon damals die Biedermänner unrecht-affin waren. Es kam zu tödlichen, heimtückischen Attentaten auf Repräsentanten der „Systems" und schließlich zur Entführung von Arbeitgeberpräsident Hans-Martin Schleyer, vermutlich kein Unschuldslamm und dann zur Entführung der Lufthansamaschine „Landshut" mit Leuten, die zumindest nur zufällig darin saßen und so zur Terroropfern wurden.

In Deutschland gab es den Krisenstab und der öffentlich-rechtliche Rundfunk, den wir nur in der bayerischen CSU-Version verfolgen konnten beschwor ein Gefahrenszenario.

Ich besuchte meinen Cousin Rainer, der kurzfristig ebenfalls in Erlagen wohnte und wir bekamen mit, wie heftig nicht nur nach Tätern, sondern auch nach Sympathisanten gefahndet wurde. Bei allem, was an Terror ausgeübt wurde, erinnerte der Umgang damit dann doch an die Nazi-Zeit, einschließlich der hetzerischen Springerpresse. Für mich ist die BILD-Zeitung noch heute ein Feind unserer freiheitlichen Demokratie, weil sie den bösen Trieben das Wort redet.

Wir saßen also zusammen und ließen das Radio laufen, während wir uns unterhielten. Dieses Gefühl „nur in deinen eigenen vier Wänden oder denen eines Freundes bist du sicher" beherrschte für mich die hysterische Zeit. Er fühlte sich an, als würde man in einem Krimi mitspielen, der zur Realität wurde. Die Medien und die Politiker suggerierten Bedrohung. Ich fühlte mich von der Staatsmacht, der CSU und den rechten Mitbürgern persönlich mehr bedroht als von den wenigen Terroristen. Ich hatte und habe Hochachtung vor der Polizei in unserem Rechtstaat, aber die Hochachtung ist seit jener Zeit dadurch begleitet, dass ich sie auch als Handlanger demokratiefeindlicher Politik erleben kann. Der Widerstand gegen die AKW – ich demonstrierte mit, als wir in Grafenrheinfeld bei Schweinfurt ein KKW verhindern wollten. Es wurde gebaut, inzwischen stillgelegt und wird noch Jahrtausende radioaktiv strahlen.

21.3 Ein Hund zu Weihnachten 1977

Heilig Abend ist ein Familienfest. Das hieß 1977: Vater, Mutter und drei Kinder. Aber: Ich war zweiundzwanzig und ein junger Student in Erlangen. Ich besuchte christliche Kreisen wie SMD (Studentenmission Deutschland) und ESG (Evangelische Studentengemeinde), denn obwohl ich mich vorher dadurch nicht angesprochen fühlte, glaubte ich, ich müsse für mein Theologiestudium Kompetenz bekommen durch christliche Gruppen.

Irgendwann in der Vorweihnachtszeit gab es einen Aufruf: „Leute, hört mal, unter uns gibt es Studenten, die nicht aus Deutschland sind und die an Weihnachten alleine wären. Könntet ihr so einen Kommilitonen ein richtig schönes deutsches Weihnachtsfest miterleben lassen? Wer wäre bereit?" Ich telefonierte kurz mit meinen Eltern und die sagten erwartungsgemäß "Ja". Ich wusste noch nicht, um wen es ging. Dann kam Diana aus den USA. Sie konnte einigermaßen Deutsch. Also fuhren wir an Weihnachten nach Schweinfurt, natürlich mit dem Zug. Ich stellte sie den Eltern vor und Mutti war wie immer euphorisch.

Unser Weihnachten war klassisch mit Dänischem Salat und gekochten Rippchen. Wir hatten einen schön geschmückten Weihnachtsbaum mit Schmuck, der teilweise noch aus Rauenstein war. Außerdem zündeten wir immer echte Kerzen an – und hatten folglich einen Eimer Wasser neben dem Baum stehen. Für Anzünden und Ausmachen hatten wir einen Stab mit Messingspitze, an der eine kleine Kerze war bzw. ein Trichter zum Ersticken der Flammen. Damit kamen wir bis zur Spitze. Auf dieser Spitze war ein Rauschgoldengel, den ich seinerzeit im Handarbeitsunterricht anfertigte.

Erst gingen wir in den Gottesdienst in der Auferstehungskirche. Zuhause folgte die Bescherung, selbstverständlich auch für Diana. Die Weihnachtsgeschichte wurde gelesen, die wir inzwischen fast alle auswendig kannten. Wir sangen Weihnachtslieder. Dann wurde auch gegessen und getrunken. Ich genoss ein leckeres Schweinfurter Bier. Die Unterhaltung war fröhlich. Mit einem Mal stand Ekkehart auf und verschwand.

Nach einiger Zeit öffnete sich vorsichtig die Tür. Dann sahen wir als erstes den Kopf von Ekkehart, der mit unsicherem Blick ganz vorsichtig hereinlugte. Und unten schaute vorsichtig mit unsicherem Blick... ein anderes Wesen herein.

Ein Hund. Ein Hund? Ein Hund! Beide trabten unsicher herein.

Wir waren starr. Was war das? Ein Hund? Es war doch völlig klar: Wir wollten keine Haustiere haben, für die dann immer irgendjemand sorgen musste und am Schluss ist es doch wieder die Mutter.

Da schrie Mutti auf: „Ist der für mich?" Typisch.

Ekkehart nickte mit einem großen Hundeblick. „Ja, der ist für dich!" Ekkehart hatte einen ganz besonders guten Hund erworben. Aika hieß sie und war offenbar aus dem ersten Wurf, dem Alpha-Wurf. Ein Berner Sennenhund, also eigentlich etwas Großes und auch Teures. An Weihnachten war er freilich noch klein und süß.

Vati und ich durften unser Entsetzen nicht zeigen. Immerhin hatten wir den amerikanischen Gast. Irgendwann gingen wir schlafen. Ich schlief etwas länger und mich weckte lautes Schreien aus dem Erdgeschoss. Ich zog mich schnell an und eilte nach unten. Was war geschehen?

Ein verschüchterter kleiner Hund saß unter dem Weihnachtsbaum und um den Weihnachtsbaum herum war ein großer See. Vor lauter Aufregung hatte der Kleine ins Zimmer gepinkelt. Nach dem Säubern gab es einen längeren Austausch über „Wie halte ich einen Hund…"

21.4 Erdbeben 1978

Ich studierte in Tübingen und wohnte als Untermieter bei Frau Meyer in der Windfeldstr. 17. Der Eingang führte durch ein Rosentor und durch einen kleinen Vorgarten. Ein paar Stufen ging es zur Haustüre hoch. Ich wohnte im 1. Stock wie zwei andere Studenten auch. Mein Zimmer war zur Straße hin. An einer Art Sekretär arbeitete ich und zum Essen verfügte ich über einen richtigen Tisch sowie zwei Stühle. Ein Waschbecken war auch im Raum und mein Bett, über dem ein kleines Regal mit einigen Büchern hing. Dazu gab es noch einen Schrank für die Kleider. Übrigens durften aus Anstandsgründen nicht einmal meine Eltern in meinem Zimmer übernachten. Das war schon sehr prüde. Immerhin bekamen wir zur Verlobung ein hochwertiges Küchenmesser geschenkt.

Ich schlief meistens ziemlich gut, wie auch in jener Nacht. Um sechs Uhr in der Frühe wachte ich normalerweise nie auf. Aber diesmal. Ich schaute auf die Uhr und schüttelte innerlich den Kopf: „Warum bist du jetzt aufgewacht?" Ich blickte mich um. Es war Anfang September und schon hell. Plötzlich fielen meine

Bücher auf mich runter. Was ist los? Ich spürte: Mein Bett wackelt. Deswegen war ich wohl aufgewacht. Aber was war los? Der Boden vom Zimmer hatte gewackelt! Dann bemerkte ich über der Tür: In der Wand war ein Riss! Nein, es war nicht nur mein Bett gewesen: Das ganze Haus hatte gewackelt.

Ich sprang aus dem Bett und eilte zum Fenster. Konnte ich etwas sehen? Ich riss es auf und schaute mich um. Um diese Tageszeit war hier immer alles still, denn es war eine bürgerliche Seitenstraße nahe der Steinlach, einem Zufluss zum Neckar. Aber nun öffneten sich auch andere Fenster und Leute schauten fragend heraus. Vor dem Nachbarhaus… lagen Ziegeln. Sie waren vom Dach gefallen. Da wackelte es wieder unter meinen Füßen. Mir wurde schlagartig klar: Das war ein Erdbeben und ich war mittendrin.

Es war nur ganz kurz. Dann wartete und wartete ich. Aber es blieb ruhig. Was sollte ich machen? Aus dem Haus? Aber Erdbeben beschränken sich nicht auf ein Haus. In den Türstock stellen, wenn das Haus zusammenkracht? Damit rechnete ich doch nicht. Oder auf die Straße? Und wenn Ziegeln mir auf den Kopf fielen?

Ich schaltete das Radio an. Aber das brachte nur die übliche Musik. Dann kamen kurze Nachrichten mit Hinweisen: Es ist ein Erdbeben. Bitte nicht auf die Straße gehen wegen der Gefahr, von Gegenständen getroffen zu werden…

Ich schaute aus dem Zimmer. Mein Nachbar aus Peru war ebenfalls verstört, mein japanischer Nachbar zur Zeit nicht da und unten hörten wir nur ein bisschen die Vermieter rumoren. Edgar und ich tauschten uns kurz aus und beschlossen dann, uns wieder zur Ruhe zu begeben.

Nach langer Zeit – es hatte ein paar Mal ganz kurz gebebt – ging ich also wieder ins Bett, nachdem ich die Bücher beiseitegelegt hatte. Sicherheitshalber deponierte ich sie nicht mehr über mir. Im Bett erinnerte ich mich genauer an den Anfang und wie unheimlich es war, als alles unter meinem Rücken bebte und ich nicht wusste, wohin – und wie die Angst da war, dass das Beben wieder kommt. Das war eine Macht, die ich noch nie gespürt hatte. Ich hatte den Eindruck, die ganze Erde bebt. Mich hatte die Angst gepackt, die Erde ginge auf und verschlänge mich. Irgendwann schlief ich doch wieder ein. Nach dem Frühstück schrieb ich um elf Uhr mein Tagebuch.[34] Am nächsten Tag startete ich meine Frankreichfahrt per Anhalter.

Später bekam ich mit, dass es anderswo in der Nähe schlimmer gewesen sei, Häuser zum Einsturz kamen. Immerhin war dieses Erdbeben Wikipedia einen Eintrag wert.[35]

21.5 Frankreich mit Franzl Ostern 1979

TB: Mit Franz[36] und zwei anderen Heppenheimern (Josef und Bernhard) bin ich (per VW und mit Zelt) nach Frankreich gefahren. Wir zelteten bei einem Dorf namens Mitterheim an einem großen See. Viel Rotwein. Franz war abends so blau, daß er vor unser (sein und mein) gemeinsames Zelt kotzte und dann noch schiß. Es stank bestialisch. Dafür lebte er ab da alkoholfrei. Gitarre (ich) brachte Besuch (jüngere Deutsche). Sonntagabend großes Essengehen (sagenhaftes Riesenmenü), viel gequalmt, Krimi gelesen, gesonnenbadet, Musik. Ich fand's ganz gut.

21.6 Tanz in Aigues-Mortes

Ein Bauer nahm uns in seinem Lieferwagen mit, leider wieder ohne Deutschkenntnisse und wir kamen zu der ummauerten Stadt Aigues-Mortes. Schon der Name wirkte gespenstisch. Später lernte ich: Er bedeutet „tote Wasser". Wir suchten uns ein Hotel

---

[34] Tagebucheintrag: Heute früh gegen 6.05 Uhr wachte ich auf. Das Zimmer schwankte. Der Schrank, die Lampe, etwas fiel herunter, ich kam mir vor wie in einer Wiege. Öfters noch in der folgenden Stunde. Und jetzt um 11Uhr, während der Nachrichten, wo darüber geplaudert wurde, nochmal. Der Zollerngraben, benannt nach den gleichnamigen aber jüngeren derer von Hohenzollern, war in Bewegung. Ein Erdbeben. Ein ganzes Dorf soll aussehen wie nach dem Krieg. Das stärkste Erdbeben Deutschlands seit 1943 (abgesehen vom sog. „K-II-Beben mit seinem Bombenbeben.

[35] Am Sonntag, den 3. September 1978 um 06:08 Uhr (MEZ) erschütterte ein Erdbeben die Schwäbische Alb mit Erdstößen bis zu einer Magnitude M_S=5,7. Das Hypozentrum lag – der eigentliche Erdbebenherd – in etwa 6,5 km Tiefe. Die Dauer lag bei zwei Sekunden. Mercalliskala: Tailfingen Werte 7–8. Die Erschütterungen waren im Umkreis von 400 km zu spüren. Das Erdbeben gilt nach demjenigen von Roermond am 13. April 1992 als das stärkste in Deutschland der letzten Jahrzehnte.

[35] Cousin Franz Henschel

und landeten wieder einmal in einem Ehebett. Naja, wir schnarchten beide nicht. Abends gingen wir im Hotel essen und verstanden die Speisekarte nicht. Ich bestellte auf Gut-Glück und im schummrigen Licht konnte ich nicht erkennen, was ich aß. Mein Gaumen erkannte es auch nicht. Es schmeckte seltsam und fühlte sich eklig quabbelig an. Dann erkundeten wir die Stadt. Der Weg führte uns zur Stadtmauer, auf die man nicht steigen durfte. Aber ich war ja mit Rudolf unterwegs. So ein Verbot war für ihn eine Aufforderung. Also kraxelten wir hoch und waren überrascht: Oben von der Stadtmauer aus konnten wir eine Tribüne sehen, davor eine Art provisorisches Stadion und dann merkten wir: Hier findet ein Stierkampf statt. Stiere wurden hereingetrieben und Jungs wie auch Männer sprangen immer kurz vor ihnen über die Balustraden.

Irgendwann flachte unser Interesse ab.

In Aigues-Mortes ging die Sonne unter und die Musik an: Auf dem Marktplatz war ein großes Fest. Dort gab es Live-Musik und es wurde auch getanzt. Wie gerne hätte ich getanzt! Aber mit wem? Da entdeckte ich ein junges Mädchen, das offenbar mit ihren Eltern da war und sie schien eine Touristin zu sein. Ich sprach sie also – auf Englisch – an. Aber sie zierte sich und sagte „No". Ihre Mutter war ganz empört: „Wie kannst du nur so etwas ablehnen!" Da wurde ich offensiv und forderte die Mutter auf. Die tanzte dann tatsächlich vergnügt mit mir. Der Song hieß: „Do you like Dennis?" und ich verstand „Tennis". Später verbeugte ich mich vor mir und brachte sie ihrem Gatten zurück...

Später erreichten wir Nîmes und quartierten uns in einer Herberge ein. Dazu mussten wir unter dem Dach gebückt gehend ins Nachbarhaus wandern. Natürlich wieder ein Doppelbett. Also entspannten wir uns bei einem Espresso in einem Café. Da erklang Musik. Interessiert blickten wir zur Straße. Eine bunte Truppe marschierte vorbei, mit Kapelle und martialisch gekleideten Männern: Toreros. Wir informierten uns: In der Arena würde ein Stierkampf stattfinden. Kurzer Blickaustausch: Wenn nicht jetzt, wann dann? Also erwarben wir Karten, kletterten auf die höchsten Stufen wie die alten Römer und blickten in die weit entfernte Arena mit den Stieren und den Matadoren, die immer wieder versuchten, Bändern auf die Hörner der Stiere zu platzieren und sich dann mit einem Sprung über die Bande zu retten.

22 Zugabe: Aus dem Tagebuch meiner Mutter
22.1 Herbst 1957 Anekdoten zum Geschwisterchen
15.11. Wir unterhalten uns, wie so oft vom kommenden Geschwisterchen. Volker stellt fest „Dolder (Volker) dicht ein Dewisterle, Dati dicht auch ein Dewisterle, Mutti dicht dein (kein) Dewisterle, Mutti hat doch schon ein Dewisterle in ihre Bäuchle!" – Nachdem wir mal in der Klinik waren, erzählt er oft von „Dester Alice" und „Dester Anita", „Benita" will nicht in sein Köpfchen. Er hat nun die vielen kleinen Bettchen gesehen und auch ein „danz deines Dindlein" und es ist ihm ganz selbstverständlich, dass er sein Geschwisterchen mit Vati zusammen, einmal hier besuchen und abholen wird.

17.12. Großmutter kommt allein, da man dem Großvater keinen Paß ausgestellt hatte. Als ich es Volker erzählte, sagt er prompt: „da hol ich den Dodater an der Hand, da dommt er don mit!"

„Mutti, jetzt is Desterle noch drin in Bäuchle, da darf ich net drauf sitz, aber wenns raus is aus dem Bäuchle, darf ich wieder drauf sitz.

Unsere liebe Großmutter ist mit 3 Std Verspätung gut hier angekommen. Volker, der aufgewacht war, war beim Empfang dabei. Als Volker mittags in sein Bettchen kommt, schaut er seine Großmutter lange an, dann sagt er zärtlich „meine deine (kleine) Doßmutter!"

22.2 Volkers Penatensoße und Wachsweh
20.6.59 Beim Mittagessen sagt Volker einmal: „Mutti, wann kochst Du wiedermal Penatensoße?" Ich verstehe nicht was er meint, da sagt er: „Die Penatensoße, die so rot aussieht mit Nudeln!" Er meint also Tomatensoße.

Volker hat öfters „Wachsweh" und er kommt zu mir, um sich massieren zu lassen. Eines Tages will er „Fußmesse" haben und meint damit, er möchte eine Fußmassage haben.

Volker sieht in einem fremden Bad zum ersten Mal eine Dusche, die an der Decke angebracht ist. Er fragt, warum die Dusche anders ist als unsere. Ich sage ihm, es gibt Hand- und Deckenduschen, worauf er prompt sagt: „und Wegduschen gibt es auch, Mutti!" „Die Wegduschen stehen am Weg zum Schwimmbecken im Schwimmbad!" Kinder sind im Allgemeinen doch recht aufmerksam u merken sich alle neuen Eindrücke gut.

22.3 Schuld und Impfung 20.6.59
z.Z, geht Volker öfters alleine in sein Bettchen. Wir sagen dann: „bete noch schön!" Er fast immer: „Ja, vom Unrecht!" „Hab ich heute Unrecht getan?" Leider, leider hat er fast immer ein Unrecht getan.
    20.6.59 Nun haben wir auch die 3. Impfung zur Kinderlähmungsbekämpfung hinter uns. Diesmal hat Volker sogar genau hingeschaut wie Herr Dr. Kranz die Spritze ins Ärmchen stach u die Flüssigkeit einspritzte. Er verzog kurz seinen Mund, blieb aber im Übrigen ganz tapfer. Dafür durfte er sich dann, wie üblich nach solchen Prozeduren, ein Autochen kaufen. Diesmal suchte er sich ein rotes „Feuerwehrpolizeiauto" aus.

22.4 Hochzeitstag 15.8.59
So heute haben wir unseren großen „Familientag". Wir begehen den 7. Hochzeitstag. Mit der Gesamtleistung der 6 Jahre sind wir überaus zufrieden. Wir sind schon recht stolz darauf eine 5 köpfige Familie zu sein.

Volker zieht wiedermal singend durch die Gegend und verkündet mit lauter Stimme: „Wir haben heute Hochzeitstag!" Es ist ihm sehr interessant, dass Mutti so ein schönes Armband u viele Blumen von Vati bekam. Er möchte auch gerne heiraten um etwas „Schönes" zu bekommen. Ich soll ihm etwas schenken. Ich verspreche ihm, dass ich ihm, wenn er groß ist, ein Schmuckstück von mir für seine Braut schenken werde. Da antwortet er ohne zu zögern „ ich heirate doch die Karin Baumgart[37], die kennst du doch schon, da kannst du mir doch gleich was schenken!"

22.5 Erziehungsmethoden der Montessori-Enkelin
16.8.1959 Heute ist es nun wieder schön u wir holen den Spaziergang nach. – Volker wird zum 1.Mal ohne Mittagessen ins Bett geschickt, da er recht ungezogen gegen Frau Eller u Fr Tiedemann war. Seine erste Mahlzeit nach dem Frühstück ist abends ¾

---

[37] 31.8.11: Wusste ich nicht mehr. War von der anderen Straßenseite; spielte mit ihrem Bruder, aber die von der anderen Straßenseite gehörten nicht so ganz zu uns aus dem Reihenhaus (gehörten interessanterweise auch zum anderen Stadtteil, auch bei der Schule: sie Pfeiffer-Schule, wir Albert-Schweitzer / Oberndorf gegen Bergl.

6 das Abendessen bei den Eltern. Er sagt auf dem Hinweg immer wieder „ich habe doch so großen Durst!" und „ich bin so müde, ich kann nicht mehr laufen." Meistens tun wir so als hörten wir nichts davon. Manchmal erklären wir ihm, dass das eben die Strafe sei, dass ihm sein Bauch weh tue u er Hunger u Durst haben müsse. – Hoffentlich bessert er sich nun.

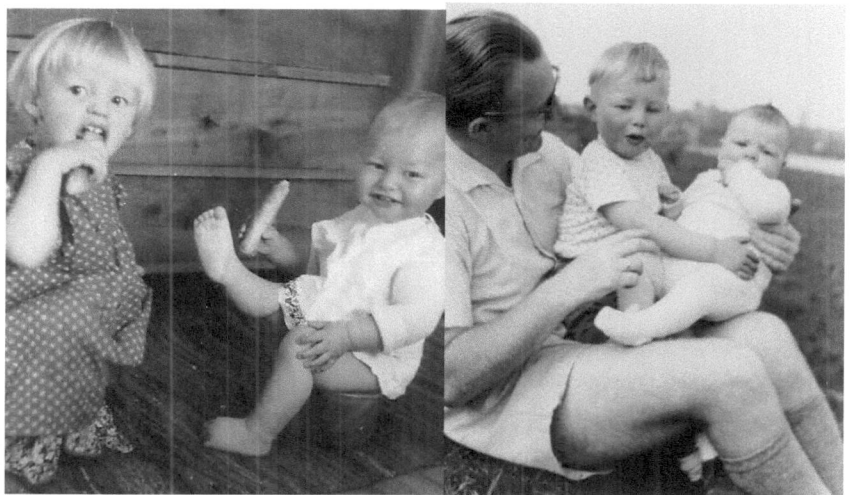

Klärchen besucht mich, Vati mit Gitte und mir

22.6 Weihnachten 1960 zu Neunt!

Endlich war der Heilige Abend da. Wie immer waren die Kinder voll Hochspannung und wir machten deshalb die Bescherung auch sehr bald. Wie immer tönte das Weihnachtsglöcklein u. wir marschierten alle zusammen ins festliche Wohnzimmer. Der Baum war diesmal auf den Fußboden gestellt worden. Als Tischchen für Puppenküchen u. Geschenke hatten wir Kisten aus dem Keller geholt u. mit weißen Decken bezogen. Die Kinder konnten kaum das Singen abwarten. Immer riß mal eines an der Hand oder rief erfreut ein erspähtes Spielzeug aus. Ekkehart hatten wir ins Stühlchen gesetzt u. ihm die neuen, bunten Holzklötzchen, die aus Rendsburg eingetroffen waren, hingelegt. Dazu bekam er ein paar Schüsselchen u. Tellerchen aus der Puppenküche u. war vollauf zufrieden u beschäftigt. Die Großen spielten mit Puppenküchen u Kaufladen, probierten ihre Eisenbahnen aus, kleideten Püppchen und Bären mit ihren neuen Jäckchen, Mützchen u Kleidchen an und waren alle sehr lieb und alles wurde überstrahlt vom Weihnachtsbaum. Und unabhängig voneinander antworteten alle wenn sie nach dem Schönsten vom Abend gefragt wurden „der Weihnachtsbaum ist am allerschönsten!" Die neuen Herdchen mussten auch ausprobiert werden.

Und schon sind wir am ENDE

So konnte uns ein Profi erfassen, der das Bild dann auch in seinem Schaufenster ausstellte. Fünf Promis…

23 * Index *

Abtreibung 67
Alexandersbad 50, 57, 76, 118, 152
Apotheke 9
Arm 38, 54, 97
Arzt 34, 35
Auferstehungskirche 10
Bad Kissingen 52
Bamberg 91, 97

Batterien 46
Beatles 29, 58, 62, 80, 124
Bhumibol 52
Bier 79, 88, 98, 99, 109, 110, 111, 112, 113, 155
Biergarten 89
Bogenschießen 54
Brigitte 22, 36, 50
Brot 43, 46, 74, 117, 153

Celtis 52, 55, 80
Christl 81, 87
Dover 122, 123
Drogen 114, 116, 117, 118, 119, 144
Dylan 91
Eirich 24
Ekke 67, 87
Ekkehart 11, 27, 36, 49, 50, 53, 68, 71, 88, 168
Emil 38
Erlangen 157, 159
Faustball 130
Franz 11, 163
Franziska 130
Fußball 51, 71, 154
Gabi 66, 144, 146, 147
Garage 12, 44, 45
Gerhard 118
gestorben 74
Gitte 22, 30, 36, 63, 67, 128, 167
glüht 14
Göttingen 90, 91, 103, 105
Großvater 67, 165
Günsbach 76
Gymnasium 52, 55, 56, 80, 103
Heidi 67, 68, 149, 150
Himbeersaft 9
Indianer 26, 27, 42
Irmgard 59, 61, 65, 67, 77, 79
Johannes 25, 67, 87, 92, 93, 109, 128, 129, 130, 131, 132
Johnny 100, 102, 105, 117, 119
Kaatsch 7, 47, 48, 49
Karl 26, 40, 59, 60, 61, 77, 78, 107, 125
Kindergarten 10, 11, 12, 15, 107
Kindergeburtstage 48
Kindergottesdiensthelfer 81
Klärchen 83
Klaus 25, 39, 40, 56, 66, 67, 87

Krackhardt 59, 61, 77
Kunst 92, 123, 142, 143
Levi 57
London 123, 124, 128, 130
Martin 29, 47, 53, 56, 91
Moscow 57, 58, 169
Mutti 7, 9, 10, 17, 18, 19, 23, 25, 31, 32, 36, 40, 44, 53, 64, 67, 73, 87, 106, 111, 118, 125, 157, 165, 166
Nachthemd 83
Nachttopf 45
Nürnberg 58, 78, 91, 97, 116
Oberndorf 89
Ofen 14, 43, 44, 45, 47
Prügelstrafe 19
Puff 50, 150
Rad 89
Rainer 59, 61, 62, 63, 77
Reisky 66, 96
Rhön 25, 39, 54
Rike 63
Rothe 55, 56
Rückert 77, 141
Ruthchen 48
Schwabach 1
Schweinfurt 14, 39, 43, 47, 52, 53, 54, 57, 59, 72, 73, 88, 89, 97, 118, 129, 141, 146, 149, 155
Schweinfurter Haus 25
Silvester 66, 68, 79, 149
Skifahren 39
Tante Irmgard 59
Telefon 34
Theater 107, 156
Tod 25, 119, 151, 152
Trip 117, 118, 125, 128, 152
Tübingen 87, 157, 161
Uffenheim 60, 87, 99, 103, 105, 106, 115, 132, 144, 149
Vati 9, 10, 20, 21, 22, 23, 25, 26, 29, 30, 31, 32, 33, 35, 36,

40, 43, 44, 45, 51, 52, 55, 65, 67, 76, 87, 88, 99, 118, 132, 143, 165, 166, 167
Venedig   128, 152
verbrühen 33
Waage 9
Westend-Apotheke   8
Wishaw 129, 130

Wolfgang 56, 66, 67, 77, 87, 91, 95, 96, 97, 122, 126, 127, 130, 132, 133, 134, 136, 138, 144, 145, 146, 152
Woodstock 154
Würzburg 68, 73, 105, 115, 157
Zigaretten 48, 105, 137
Zone   12

Reiselustig: Als Student mit meiner Gitarre Antoinette in Strasbourg, zitternd in Les Beaux als Student

Bei Großmutter mit Mutti in Heppenheim, mit Wolfgang in der Gegenwart